倒流的时光

邱明华 著

陕西新华出版
太白文艺出版社·西安

图书在版编目（CIP）数据

倒流的时光 / 邱明华著. -- 西安：太白文艺出版社, 2024. 8. -- ISBN 978-7-5513-2692-6

Ⅰ. I227

中国国家版本馆CIP数据核字第2024RL3881号

倒流的时光
DAOLIU DE SHIGUANG

作　　者	邱明华
策　　划	泥流文化传媒
责任编辑	李明婕
封面设计	白　茶
版式设计	建明文化
出版发行	太白文艺出版社
经　　销	新华书店
印　　刷	三河市华东印刷有限公司
开　　本	880mm×1230mm　1/32
字　　数	180千字
印　　张	9.875
版　　次	2024年8月第1版
印　　次	2024年8月第1次印刷
书　　号	ISBN 978-7-5513-2692-6
定　　价	58.00元

版权所有 翻印必究
如有印装质量问题，可寄出版社印制部调换
联系电话：029-81206800
出版社地址：西安市曲江新区登高路1388号（邮编：710061）
营销中心电话：029-87277748　029-87217872

邱明华，70后，笔名大漠，陕西紫阳人，大学学历，供职于公安系统。系中国诗歌学会会员，中国散文学会会员、中国微型小说学会会员。作品散见《诗歌月刊》《诗选刊》《诗潮》《延河》《辽河》《鸭绿江》《南方文学》《百花》《海燕》等报纸杂志，作品偶有获奖。

满怀悲悯　抒写大爱

◎刘军华

　　邱明华老师要出一本诗文集,名字就叫《倒流的时光》,这部诗文集以诗歌为主体,兼备散文和小说。邱老师请我写一篇诗集部分的序言作为本书的序。我曾经给邱老师写过六篇诗评,他说我的诗评能让一首首诗歌插上飞翔的翅膀。但是不管怎样,写一首诗的诗评毕竟范围较小,而要为一本诗文集写一篇量身定做的得体的序言,还真不是一件容易的事情,毕竟诗文集里的内容十分丰富,涵盖的面也比较大。我还从未给别人写过序言,但我想,无非就是我先去阅读打探一番,然后将我的阅读感受写出来,让读者透过这么一个窗口,能大致了解到这本诗文集的面貌与特色。想是很容易的,但真正操作起来,其难度超乎我的想象。写一篇文章就像生一个孩子,要怀胎十月,方能一朝分娩。于是,一遍又一遍地去品读诗作,因为我深知:只有对作品了然于胸在前,方能从容下笔于后。

一

　　诗人之所以要写诗，首先是因为心中有情，情动于中，不得不发。读了邱明华老师的作品，你会被诗中表达的真情、深情所感染，给我印象最深的是作者写的关于外婆的诗作。在《老屋，外婆和我》中，"响彻小汉口的磨坊/ 来自古镇瓦房飘香的老屋/ 外婆升起袅袅炊烟/ 空气开始弥漫丝丝甘甜"，在作者的记忆中，外婆家的一切是那样美好。"院坝滚铁环的身影/ 不输百米冲刺的速度/ 折叠的纸飞机/ 风中自在地翩跹"，童年又是多么自由快乐。"一串串亲切的呼喊声/ 追赶烂漫的童年/ 外婆的饭菜香/ 喂养金灿灿的时光"，"金灿灿"表明童年的幸福，而这都源自慈祥的外婆给予作者的疼爱、关心。而外婆去世时，亲友们给外婆送葬，作者内心无比悲痛——"按捺不住一路奔跑／呼天抢地的哭喊声响彻山谷/ 花草虫鸟滴下悲痛"（《听雨》）。每到清明节，作者都会赶回家，到外婆的墓前祭奠，抒发内心的悲伤与思念。"花草树木返青，疯长／坟头一朵野菊摇曳哀伤，悲痛"，"点亮香烛，冥币化蝶飞舞／捎去纸钱，寄出一封封思念"（《又到清明忆故人》）。"跪着在冰冷的墓前／愿一笼饭香／能消散你眉间的愁云／白发下面／那双眼窝收纳了多少风霜／就透支了多少温暖/病魔侵袭/你用骨头支起最后的防线/等着　赶来一声童年的慰问/ 远走的背影呵，终留不住／为何又从另一个世界／频频寻访　潮湿的梦乡"（《最远的你》），读到这些诗句，不能不让人动容，感受到作者那颗拳拳赤子心，那份真真切切的深情！《牵挂》写儿子的降生，给父亲带来的喜悦，表达了父亲对儿子的深爱。《母亲》写出了母亲对孩子的深情。《烤地瓜》表达了母亲对孩子的关爱。《三春晖》写母亲辛苦劳作，尽自己全力，助儿子成才，讴歌了伟大无私的母爱。《父亲》写父亲辛苦背粮，支撑一家人的生活，表达对父亲的热爱、崇敬与感激。除了亲情，作者还写了美好的爱情、父子般的师生情、纯真的同窗情、浓浓的战友情。

二

作者以小见大，善于从日常生活现象、寻常事物中领悟哲理，给人以启迪。《一杯水》通过比喻手法，告诉人们在生活中要学会放下，放下烦恼和压力，生活才能更加美好。《扼住命运的喉咙》告诉我们要勤奋刻苦学习，只有读书才能改变自己的命运。《茶如人生》表明生命的旅程是不可逆转的，要好好珍惜。《珍食莫蚀》写农民种粮的辛苦，教育我们要爱惜粮食。《承诺》是一首寓言诗，尽管猫头鹰向猫作揖请求关照，但自己的宝宝还是被猫吃了，寓示把祸水引向别人的人，终会将祸水引向自己。

《合作,才有远方》从一个小故事中获得启示:合作才能共赢。《当乐观遇上悲观》讲述兄弟二人因对人生不同的态度导致不同的命运,告诉我们,一定要以积极乐观的态度去面对人生。《空杯》告诉我们,虚心才能接纳一切美好的事物。

三

作者身为一名普通家庭的子弟,通过刻苦努力,成为一名光荣的公安民警。从警三十年,他扎根山区,坚守一线,先后在基层派出所、看守所工作,教育感化挽救失足青年。作者更多地从身边的人和事入手,讴歌了公安民警忠于职守,舍小家顾大家,舍己救人,无私奉献的高尚品质。《三月,献给警花》通过平凡细致的工作,赞扬女警尽心尽职,为人民服务的赤胆忠心。《忠诚坚守》赞扬监管民警用真情感化失足者,歌颂他们立警为公、无私奉献的精神。《中秋,守护平安》《冬日风景》写民警夜晚巡逻,守护家园,保一方平安。《大爱无疆》写民警为抢救在押人员的生命,与时间赛跑,表现他们生命至上的理念。《蜕变》写在监管民警的帮扶教育下,服刑人员重获新生。《监管之光》歌颂监管民警挽救失足浪子,维护社会安宁,体现监管民警这一群体的重要性。《藏蓝》赞扬公安民警舍小家顾大家的奉献精神,他们破案攻坚,维护了社会的安定,保护了百姓的幸福安宁。《从警三十年》以一名警员的身份，吐露心声：愿恪尽职守，保一方平安。《深山擒逃》写民警深夜到深山老林中抓捕潜逃罪犯，赞扬民警的机智英勇。在《蝴蝶结》中，民警深夜抓赌，却又网开一面，将村民卖猪给娃凑的学费还给村民，体现了人性温暖。《其实，你并未远走》写一个夏天的夜晚，暴雨倾盆，山洪暴发，抗洪英雄罗春明挨家挨户搜救，使群众安全脱险，自己却被泥石流吞没，歌颂了公安民警一心为民、舍己救人的崇高品质。

四

通过抒写人间大爱，表达作者的悲悯情怀。

作者从对历史上杰出人物的怀想中，赞颂他们身上可歌可泣的爱国精神。《端午怀想》赞扬了爱国诗人屈原忧国忧民，坚贞不屈，热爱故土的品质。《笔行天下》歌颂了三国时期蜀国丞相诸葛亮的忠贞报国之心。

作者以动物为喻，讴歌伟大无私的母爱。山雀奋不顾身反击吞食自己幼鸟的毒蛇（《伟大的力量》）。过河时，为让小鹿鳄口脱险，母鹿用身体阻挡鳄鱼，最终葬身鳄腹（《爱无缺憾》）。下冰雹的夜晚，鸟妈妈用身体遮挡冰雹保护幼鸟，牺牲了自己（《母爱》）。

作者关注劳动人民的艰苦生活，对他们寄予深切的同情。"为此你一次次弯进泥沙／拉出太阳拉弯月亮／绳索锯开的肩膀／任由风雨缝合伤口"（《汉江号子》）。"磨出老茧的双脚／踩出通向远方的路／脚印深深浅浅／沾染几多风霜"（《纤夫》）。

作者将目光投向动物，给予关爱、救护、赞美、怜悯。《留不住的泪花》为陪伴自己十几个春秋的家犬去世而悲伤。《落燕》写一名少年救助了一只落难的燕子。《忠诚的心》写一条家犬与主人失散，十年都在一个角落等待主人，赞扬了家犬的忠诚，谴责了主人的无情——"少年到暮年／也许它是你的过客／你却是它的全部"。《高贵的灵魂》写退休教师拾荒救助贫困学生，赞扬其大爱之心。

五

在艺术上，作者通过叙事来表现主题。在叙事的过程中，注重对典型细节作细致入微的刻画，使人物形象生动鲜明，获得打动人心的艺术效果。"父亲弯腰扛起生活／暴出青筋的腿用力蹬地／一次次往返／又一步步前行／汗水滴滴滑落／坚毅的脸上依然执着／挺直的脊梁／撑起一片天空／父亲的肩驮着／一半希望一半苦涩／父亲的背影驼了／驼得像一张盈满的弓"(《父亲》)。读者阅读后,父亲艰辛劳作的情景便历历在目,内心也不由得充满对父亲的怜悯、钦佩和感激。有些作品采用了借物喻人的写法,意与象合,耐人寻味。《老牛》借老牛的形象来赞扬辛勤耕作、无私奉献的农民。《桥》借桥的形象赞扬无数默默无闻、无私奉献的无名英雄。《墙头草》从一个新的角度写出了墙头草顽强的生命力和坚强不屈的意志。哲理诗常常借事喻理(《当乐观遇上悲观》《合作,才有远方》),通过比喻说明道理(《空杯》)。抒情诗则借事抒情,借景抒情,借物抒情。诗中大量运用比喻、拟人、对比等修辞手法,注重锤炼词句,增强情感力量。当然,艺无止境,作者在诗歌表现上还有提高的空间,还需要在今后通过加强学习和创作实践,不断提升自己的诗歌创作水平,日臻成熟。

是为序。

目录

第一辑 诗情画意

春满茶乡	003
老屋,外婆和我	005
听 雨	007
又到清明忆故人	008
最远的你	009
我的父亲	010
父 亲	012
回家的路	014
烤地瓜	016
望 乡	017
春到茶山一片新	019
汉水依旧	021

外婆菜	022
麻花辫，青春的记忆	023
倒流的时光	025
一杯水	026
扼住命运的喉咙	027
茶如人生	028
又见阳光灿烂	029
炊　烟	031
一棵树	032
承　诺	033
合作，才有远方	034
橘红少年	036
摆　渡	038
柳絮纷飞	039
似水月光	040
稻草人	042
思念的翅膀	043
乡　愁	044
归来仍是少年郎	045
当乐观遇上悲观	046
故乡的柿子树	048

向日葵	050
老　井	051
薪　火	053
很多时候	055
母　爱	056
父母在，孝为先	057
墙角花	058
生　活	059
伟大的力量	060
空　杯	062
村庄里的鸟窝	063
乡下的狗	064
那晚的风	065
在桂花树下，独自看书	066
半轮村庄	067
启　示	068
隔屏的玫瑰	069
忠诚的心	071
岸	072
光顾一颗心	073
我的爷爷	074

我中意的生活	075
黄荆条	077
那年大雪	078
端午怀想	080
笔行天下	082
和　谐	084
汉江号子	085
高贵的灵魂	086
纤　夫	088
迎春花	090
友谊，地久天长	091
留不住的泪花	093
落　燕	095
四　月	096
白云的村庄	098
致敬，英雄！	099
爱无缺憾	100
逝去的小河	101
阴　影	103
小画家	105
折　腰	107

冬雪，伴你前行	108
绵羊的春天	109
怀念恩师	110
大漠驼队	112
发黄的照片	113
海　鹰	114
攀越雪峰	115
等待远方的人	116
岁月的车轮	117
眼睛开出幸福的花	118
河道义工	120
春城，加油！	122
茶	123
海　螺	124
孔　雀	125
外卖小哥	126
梦中的薄荷	127
葡　萄	128
大雁南飞	129
文笔山的春天	130
含羞草	131

一条路	132
圣诞节	134
老　牛	135
乡村的月亮	136
桥	137
春漫茶山	138

第二辑　公安诗歌

三月，献给警花	141
忠诚坚守	142
中秋，守护平安	144
冬日风景	145
大爱无疆	146
蜕　变	149
监管之光	151
藏　蓝	152
从警三十年	154
深山擒逃	156
蝴蝶结	157
其实，你并未远走	159
清明寄哀思	160

这里，有一群公安	162
阳光监管（组诗）	164
平安的花朵	167
战友情，一世情	168
烈火英雄	170
监管之歌	172
这一刻，我为您鼓掌！	174
致公安监管	176

第三辑 八行诗荟

母　亲	181
三春晖	182
放牛娃	183
人间十月天	184
花　白	185
月上中秋	186
书　信	187
告别辞	188
乡　情	189
老农与土地	190

汉江古渡	191
相思树	192
牵　挂	193
父亲的信条	194
你的痛，落到我的心里	195
互联网的春天	196
老　屋（一）	197
西去的鹤，让思念永驻心房	198
优雅老去	199
黄昏的画卷	200
小荷初嫁了	201
胡　杨	202
墙头草	203
十指扣	204
老　屋（二）	205
感恩的心，在江城闪亮	206
珍食莫蚀	207
真情难却	208

第四辑 散文苑

悬壶济世的好中医	211
坚守小站	218
茶山情怀	223
爱心接力	227
任成兵脱贫记	231
一次生命的感动	235
外　婆	237
含笑的山羊胡子	239

第五辑 小说坊

好兄弟	243
老刘破案记	253
深山擒逃犯	256
说谎少年	259
赎　罪	264
惨案背后	267
巴山凶案始末	271
蒙面客	277
阿玉的婚事	280
漂走的纸船	284
后　记	290

第一辑 诗情画意

春满茶乡

四月的春风
擦亮安康的天空
一个伟大的身影
来到女娲补天的地方
种下绿色梦想

人不负青山
青山定不负人
殷殷嘱托宛如及时雨
一株株茶树在蒋家坪
抽出欢喜的嫩芽

因茶致富
因茶兴业
仿佛就是一场孕育
经晒青和烘干
在沸水中分娩出国粹

倒流的时光

一壶茶的苦涩粗淡

在舌尖上回甘

像经年创新的蓝图

沉淀的酸甜苦辣

蜕变出清欢

一饮再饮中

砥砺前行的心

会在奔小康的余温中

从内向外氤氲

幸福的茶香

原载《文学天地》2021年11期

老屋，外婆和我

响彻小汉口的磨坊
来自古镇瓦房飘香的老屋
外婆升起袅袅炊烟
空气开始弥漫丝丝甘甜

院坝滚铁环的身影
不输百米冲刺的速度
折叠的纸飞机
在风中自在地翩跹

一串串亲切的呼喊声
追赶烂漫的童年
外婆的饭菜香
喂养金灿灿的时光

那时离天命之年十万八千里
再回首已与年少分别久远

老屋已成黑白影像

外婆的笑容还在墙上晃动

原载《传奇故事·经典美文》（原创版）

2023 年 3 月

听 雨

雨噙满泪水站在天空
云朵戴满孝章黑压压一片
随呜咽的大地悼念

含笑的遗像被花圈簇拥
送殡的人群宛如一条长龙
蜿蜒在归山的路上

鞭炮生怕惊动龙王爷
下葬的灵柩轻轻入土为安
慈祥老人轻吻着山林

按捺不住一路奔跑
呼天抢地的哭喊声响彻山谷
花草虫鸟滴下悲痛
雨使劲拍打泥土
急促的声音怎么也唤不醒
魂牵梦绕的外婆

又到清明忆故人

随风赶回，虔诚跪拜
清明雨纷飞，淋湿故乡的山坡

花草树木返青，疯长
坟头一朵野菊摇曳哀伤，悲痛

碑文站立，拥抱外婆一生
竖写的名字，填满美好的童年

点亮香烛，冥币化蝶飞舞
捎去纸钱，寄出一封封思念

原载《中国作家网》

最远的你

跪着在冰冷的墓前
愿一笼饭香
能消散你眉间的愁云

白发下面
那双眼窝收纳了多少风霜
就透支了多少温暖

病魔侵袭
你用骨头支起最后的防线
等着 赶来一声童年的慰问

远走的背影呵,终留不住
为何又从另一个世界
频频寻访 潮湿的梦乡

原载《参花》2020年5月

我的父亲

没有什么能消解，这个男人
对母亲顾娘家的怨恨
从记事的时候起
弥漫一寸厚的火药味
即使舅舅去世多年
他的心结还是没有解开

直到最近几年
这个炸药般易爆的男人
声音如菩萨吻过
走路似蜗牛背负重壳
回想铁石心肠
从小抽打的黄荆条与责骂
不知让我在被窝里
偷偷抹过多少泪
如今仿佛换了一个人
他的脸上已看不到蛮横
眼底流露沧桑过后的温暖

感恩时光这位良医

和我一起柔软地陪伴

在午后阳光的侧面

敞开隐藏多年的春风

    原载《文学天地》2021 年第 11 期

父 亲

秋季的供应粮来了
一百八十斤一袋的玉米
从山下搬回粮仓
要爬一段陡坡

父亲弯腰扛起生活
暴出青筋的腿用力蹬地
一次次往返
又一步步前行

汗水滴滴滑落
坚毅的脸上依然执着
挺直的脊梁
撑起一片天空

父亲的肩驮着
一半希望一半苦涩

父亲的背影驼了

驼得像一张盈满的弓

原载《参花》2020年5月

回家的路

天气变得越来越冷了
父亲住进重症室已好多天
随着时间一天天流逝
心也一天天揪紧

在外徘徊很久
却等来一句透心凉的话
摧毁仅存的一线生机
只剩最后一口气

一路上寒风凛冽
空气中充满无言的悲伤
被病痛折磨得不能说话的父亲
睁开眼流下几滴苍凉的泪

遵从落叶的心愿
走出大山又终归山林

父亲那朴素的灵魂

永远活在养育他的土地上

原载《江河文学》2023年第4期

烤地瓜

烧起地炉,蓝火苗闪烁
门外凛冽的风,发出阵阵狂啸

灯光昏黄,母亲的脸慈祥
贴满旧报纸的小屋
几个地瓜,不停地翻烤

在火炉旁夜读,时光安静
世界从未如此幸福温暖

原载《中国作家网》

望 乡

铺开宣纸,春风挥笔
蘸着阳光描摹梦中的故乡
耐人寻味的事物展现眼前

被春喊醒,槐花吐芳
如猴般攀爬上树一把把摘下
一把把往嘴里塞,嚼出香甜

夏日夕照,微风荡漾
一个个像鹞子一样在水中嬉戏
汉江上空不时传来欢声笑语

秋月慈祥,月光柔和
几个小伙伴在院坝里搭起凳子
听外婆讲过去的事

白雪纷飞,多么纯净
远处群山绵延赋有辽阔和温暖

堆积的雪人见证美好童年

点点星光,如萤火虫
提着一盏盏小灯笼照亮归家的路
仿佛回到淹没多年的老屋

原载《诗歌月刊》2022 年第 10 期

春到茶山一片新

雨后的三月

清脆的鸟鸣擦亮天空

拉开一幅山明气清的画卷

自然本真就呈现眼前

在绵延群山的陪衬下

龙泉滋养的草木

从高处泼下三千丈翠绿色

浸透茶山的每一处细节

寻着飘散的茶香拾级而上

亭台楼阁点缀其间

一条蛇形银带通向云霄

两边的树木守护着丛丛秘语

开阔山顶形同一个蒙古包

一字排开的二层新农家院落

早起挎竹篮采茶的硒妹子

幸福歌声唤醒了茶山的春天

原载《诗歌月刊》（诗歌专号）2022 年第 9 期

汉水依旧

汉水依旧,童年小鱼游出水面
命中的河水劫,漂浮在原乡

夏日河边,凉风轻吻余晖
晃动的白条,越聚越多

声声呼救,被一片嘈杂淹没
一个身影,被河水摁下了头

一道闪电飞过,化作最美彩虹
疯狂的河水,瞬间又恢复祥和

不服输的少年,后来数次游过长江
心中雄鹰,如今敬为再生父母

原载《延河》(诗歌专号)2022年第2期

外婆菜

老屋里声声呼唤
炊烟携着熟悉的饭菜香
由近向远飘飞

束着小脚的外婆
听到风声不停地忙碌
灶膛火映红慈祥的笑容

几样家常小菜
如珍馐美馔蕴含温暖
喂养无忧童年

可惜外婆菜的味道
永远定格在一九七八
此后再无人超越

原载《中国作家网》

麻花辫,青春的记忆

流水无情留不住花季
只有记忆的点滴
汇聚成一本影集

翻开时光的瞬间
一张青涩纯真的笑靥
浮现在眼前

恰同学少年
目光流连曼妙的倩影
甩起齐腰的麻花辫

每次不经意的对视
心海便荡起一圈圈涟漪
脸上纷飞片片桃红

一首小令拴着青梅

竹马的心思压在了箱底

梦里总也抹不去

原载《鸭绿江》2020 年第 2 期

倒流的时光

时光不老驮着天命
朝着原乡返回
不惑的头顶白发开始泛青

而立的大门敞开着
油腻的身影低头进去
站如松的汉子笑着走出来

脚步越来越轻快
燃烧激情的岁月里
青春的行囊装着诗与远方

终点又回到起点
陪伴年少快乐成长的老屋
住着一颗冷落已久的心

原载《传奇故事·经典美文》（原创版）
2023年第3期

一杯水

看似很轻
一只手端起不沉
时间一长有些酸疼
时间再长手臂也会发麻

多像烦恼和压力
不去多想不觉得痛
如果困扰其中
身体负荷就愈来愈重

放下一杯水
让日子回归日子
每天太阳从东方升起
依旧普照大地

原载《中国作家网》

扼住命运的喉咙

寒门学子
是否想到鲤鱼跳龙门
让梦想照进现实

年少不努力
广阔前程少一块敲门砖
似锦大门将不再敞开

丛林法则都属于强者
要么靠读书改变
要么就得继续忍

如果有一天寒门出了贵子
不是上天的眷顾
而是扼住了命运的喉咙

茶如人生

身陷轻烟的包围
再见你时
半壁空杯正在隐喻半世

如果沸水倒回清泉
焦灼的内心会不会重新舒展
重新返青
重新给路过浅春的人儿
嫩绿的一瞥

都是奢望
到如今，秋风熬制的半盏清茶
在苦涩的舌尖渐次回甘
向沉静的肺腑蔓延

原载《文学百花苑》2021年第2期

又见阳光灿烂

江南叶舞秋风

几头牛拉不回一个背影

板石路上渐行渐远

消失在烟雨中

所有美好轰然倒塌

隔断前方的路

可怜花儿一瓣一瓣

被雨水打落

多少黑夜咀嚼孤独

熬成疗伤的药

祛除心头的苦寒

疏通执念的淤堵

拨开笼罩的阴云

烦忧化为乌有

一切从头再来
又见蓝天阳光灿烂

原载《安康文学》2020年冬季刊

炊　烟

云朵立在村庄之上
对外婆轻轻呼唤
风寻着足迹，一路小跑

老屋遮断夕晖
疯草爬上旧墙
房后的墓碑，站成警句

背着一篓鸟鸣
外婆踮脚张望着
放学的村口，蝴蝶坐在山岗

灶膛火映红脸颊
竹林里飘出饭菜香
深深的怀念住进，我潮湿的梦

原载《文学天地》2021年第11期

一棵树

一棵树歪着脖子在房后张望

远处的鸟雀飞来落脚天堂

把装满鸟鸣的小背篓

挂在它的胸前

七八月枝繁叶茂的花红

那是儿时最美的水果

肉白汁多嚼出满面春风

可惜一场大水冲走老屋

带走那棵开满清香的花红

裸露的树根缠绕我的乡愁

也爬上母亲沧桑的额头

原载《奔流》2023年第4期

承 诺

森林里窜进来一只猫
它蹑手蹑脚,眼里只有猎物

猫头鹰路过,向它作揖求关照
还说,猫头鹰宝宝是林子里最漂亮的鸟

猫点头忽略色彩斑斓的靓鸟
扑向树上几只灰色土气的丑鸟

又见猫头鹰,猫把胸脯拍得山响
猫头鹰满怀感激地回到家

巢里,一个影子都不见
风中几根冷冰冰的鸟毛还在飘摇

原载《中国作家网》

合作，才有远方

风掠过荒凉的沙漠
一位神仙，施舍两名饥饿的路人
渔具和装满鲜鱼的鱼篓

得到渔具的人，向东
寻找大海的途中精疲力尽
得到鲜鱼的人，向西
走着走着鱼篓空了

又有两名路人
得到同样的赐予
他们分别拿了渔具和鲜鱼
选择并肩同行
跋涉出一串串坚实的脚印

终于迎来碧海蓝天

从此,这里洒满了金色阳光

       原载《中国作家网》

橘红少年

橘子成熟时
山坡的橘红挂满露珠
俨然少年在秋风里敞开的心事

总是约在放学的午后
一行行一串串挤满枝头
散发诱人芬芳

沉甸甸的果实压弯树枝
剥开鲜嫩的外衣
月亮瓣入口,蜜一样香甜

笑声追逐一棵棵橘树
大大小小撑开书包
心里头乐开怀

多少年后依然会想起

橘子红时

那张红彤彤的脸

原载《安康文学》2020年冬季刊

摆　渡

汉江鬼斧凿开南北两岸
从此青山隔水相望
诉说着千年沧桑

古渡口搭起流动的桥
风里来雨里去
奔走此岸及彼岸

视船如命的摆渡人
摇过我读书的青少年时期
也走完他一生坚守的水路

如今古渡口消逝在水国
摇落的黄昏
还晃动在涟漪中

柳絮纷飞

最早感受春天的
不是门前回暖的小河
也不是山坡泛绿的青草

在童年的记忆里
伴随春天的是轻盈的柳絮
它像雪花一样纯净

下凡的翩翩柳絮
在空中不断变换曼妙舞步
纷飞一个又一个梦想

多想化作如烟柳絮
携四月的东风
回归母亲栽的柳树旁

原载《神州文学》2021年11月

似水月光

翻过山峰跃出树梢
翩跹至天空中央
夜空就愈发明亮

幽谷溪流潺潺
几声归巢的鸟鸣
被似水的月光晕染

夏日雨后透出清凉
山花散发储存的情丝临别的风
沾满玫瑰芬芳

圆月飘下几片羽毛
两个相似的灵魂
将春天的星辰
碰撞

花开半夏

花季一枝花

在青葱校园里绽放

一只蝴蝶翩跹在花间

牵手春夜呢喃

漫步月下林荫深处

孕育一场欢愉的恋情

毕业季的暴雨

浇灭一场燃烧的烈火

淋湿编织的梦

临别的风很大

两双湿漉漉的眼对视

仿佛要把半个夏天都带走

原载《青年文学家》2020年7月

稻草人

一个稻草人,兀自站立
他戴墨镜,穿一身灰色外衣
日夜代替农人
默默看护着稻田

他在和麻雀,打一场持久战
一群群麻雀不停盘旋
又四散着飞远
只要他的身躯挺立着
麻雀就不敢逗留

他是乡村的守护神
他的身躯,用稻草扎成
却以农人的样子
演绎了,对这片土地的忠诚

原载《中国作家网》

思念的翅膀

深夜的灯光微弱

走在清冷惆怅的街头

为何脸上布满忧伤

是因你远走他乡

为了梦想你背起行囊

留下我孤单的守望

点亮祈福烟火

愿你平安吉祥

你要寻找诗与远方

在广阔的天地驰骋翱翔

我的思念张开翅膀

伴你一路芬芳

原载《青年文学家》2020 年 12 月

乡 愁

第一次有了乡愁
还是远离故乡的时候
翻越秦岭之巅
火车奔赴八百里秦川
求学路上风轻云淡
而一曲《故乡的云》
唱出了离开家的酸楚

乡愁的滋味
是远方游子沉重的行囊
是母亲期盼的泪光
是对故土深深的眷恋
人生像一条长河
这么多年冲不走记忆里
淹没的老屋和山坡
还有外婆陪伴的童年

原载《中国作家网》

归来仍是少年郎

发黄的旧照片，笑容灿烂
少时的伙伴，犹在眼前
校园百年桂花树
鸟雀攀枝欢鸣，花香飘十里

多少青涩的脸依然清晰
留下一声叹息

让心归于纯真
像雪地小草饱含希望，重新生长
活在当下，迎接春天的阳光
归来仍是少年郎

原载《传奇故事·经典美文》（原创版）2023年第3期

当乐观遇上悲观

太阳公公涨红了脸
叶子家族耷拉脑袋掉了魂
马路上的甲虫冒起大汗

乐观遇上悲观
发热的嗓子生出青烟
一瓶啤酒拉扯着哥俩落座绿荫间

哥哥一仰脖半瓶下了肚
嘴一抹,爽朗一笑
双手奉送:还有半瓶

弟弟接过啤酒看了看
苦着脸,摇一摇头
一声叹息:半瓶完了

后来,他们步入商海

一个当上变废为宝的财神
一个依旧在街边赚吆喝

原载《中国文艺家》2020年8月

故乡的柿子树

从山村走出的你
记忆里，总有一棵柿子树

也有一阵风，摇落树梢的叶子
剩下熟透的柿子召唤鸟雀

幼小的你，伸直手臂
踮起脚尖，以各种姿势
去摘熟透的柿子

那手心里，软糯的触感
唇齿间甜蜜的满足
带着乡土味，不同于世间的
任何一种甜

也不同于任何一棵树

在心里,扎下根来

一直虚幻地结着柿子

红彤彤的,像我最初的那颗心

向日葵

荒凉的大地上
一群失去水分的向日葵
枯萎地垂下了头

他们的名字里有一轮太阳
从一出生
他们就笃信阳光
向着心中的光明，转动着花盘
从没想到，会被强烈的光线灼伤

他们垂下头，不敢问为什么
他们低头的样子
像是自己对自己，深深地致歉

原载《中国作家网》

老　井

二姑婆走了很多年了

她家的老井也掩埋烟波中

而那清净的面容

又一次在脑海泛起涟漪

二姑婆守护着老井

如同守护自家的宅子

她知道这口井在

就是瓦房人家的生命之源

当小河水涨大河船高

雨水搅浑了河水

那时老井的清亮甘甜

就成为镇子的金水银水

很多个夜晚的梦里

跟着二姑婆走在月光下

吻到了柔柔的井水

犹如亲到了故乡的月亮

原载《中国作家网》

薪 火

父亲继承衣钵

又将中医传给了我

教我像爷爷一样

悬壶济世

翻开遗留的经典

《本草纲目》后无来者

《千金要方》人类至宝

学做扁鹊华佗

师徒代代传承

接力光大治本医术

如今这颗璀璨的瑰宝

光芒在慢慢隐退

父亲流露的苦涩

痛到了我的骨子里

种下薪火执念

黄土地长出本草芳香

原载《文学百花苑》2021年第1期

很多时候

很多时候,都在黑夜里前行
一路跌跌撞撞,然后遍体鳞伤

很多时候,看不见和煦的阳光
只因心累人憔悴,处处是灰色

很多时候,经历翻江倒海
一个魔鬼无时无刻不在纠缠

很多时候,岁月蹉跎沧桑如故
为何负重的身体
依然重复昨天的故事

往后余生,揉碎固化的日月
打破旧世界
向心融入灿烂星光

原载《文学天地》2021年第11期

母 爱

五月的天空如同娃娃的脸
上午放晴,下午雷声滚滚
风不约而来,冰雹雨点般砸下来

几只雏鸟惊恐地看着天
远处觅食的雌鸟
箭也似的飞回伏在鸟巢上

一场冰雹,雌鸟安静睡去
鸟宝宝清晨伸长脖子,呼唤"妈妈"
以为还像往常一样

原载《鸭绿江》2020年第2期

父母在,孝为先

风雨沧桑,却以倔强对峙
春燕筑巢,衔起玲珑七姊妹
扎紧家的围栏

奔走坎坷路,黎明到黄昏
一亩二分地里,挥洒多少春秋
浇灌幼苗长成大树

苦难一茬又一茬
也丢不掉厚道勤劳
留不住的只是芳华黑发

乌鸦反哺,羊羔跪乳
像父母陪伴儿女一样陪伴
不只是今后悼念孤独的墓碑

墙角花

万物的生命
一些看似脆弱
生长在阳光的背面
僻壤里生活

譬如墙角一株小花
风雨不正眼瞧它
但从不感觉孤独寂寞
装满墙外广阔天空

执着那么一天
扑鼻的花香长出翅膀
载着蓝天和白云
飞到梦想的地方

原载《参花》2020 年 8 月

生 活

风吹过,就过去了

回到平静,生活还得继续

一些皱褶光阴,一些无常世事

不必提起,随岁月黯淡

窗外,阳光探头进来

门前,满园花儿竞相绽放

一只小鸟自由地从头顶飞过

欢快的歌声在天空荡漾

原载《中国文艺家》2020 年 8 月

伟大的力量

秋雨绵绵,湿透山林
山雀母子,蜗居中期待
雨后的天晴

清晨,雾气还未散尽
饥饿,已触动敏感的神经
山雀急切地飞出觅食

一条蛇出洞,四处搜寻
眼睛发出闪闪的绿光
树上的小山雀,不幸成为猎物

山雀归来,听不见呼唤
哀号着,扑打着蛇的头
不顾蛇反击的毒液

山雀像呼啸的轰炸机
追击的双翼,锐利的尖嘴

喷出最强火焰

那火焰融入了
山雀的哀伤，愤怒
爆发出母亲的力量

原载《安康文学》2020年冬季刊

空　杯

空杯装得下水
空房住得了人
空出来的世界
就能装下五湖四海

空，是一种境界
也是一种胸怀
心空，利于修行
宰相肚里能撑船

人生如茶
空心才能品出滋味
才有装不完的欢喜
享不尽的感动

村庄里的鸟窝

经不起西风的掠劫
原本枝繁叶茂的老槐树
穷得只剩一个鸟窝

如果月光还有记忆
一个鸟窝就是一只乞丐的破碗
它曾向房檐讨要一缕炊烟

老槐树上的鸟鸣
只有几声狗叫应和着
它们都是孤独的留守者

如今村庄越发荒凉
只有这一窝叽叽喳喳的鸟鸣
还在细碎地,为村庄命名

原载《中国作家网》

乡下的狗

它是一条乡下的狗
在小镇的秋天
这只灰色流浪狗拖着长尾巴
半块馒头,一根骨头
让它不停地对我摇尾巴

它成了我家的一员
低垂着眼帘,伏在我的腿边
那些陪伴的日子
温暖像软乎乎的狗毛
越撸越多

后来,我夸它是聪明的狗狗
找到了哭着埋它的人
我在大树下,垒起一个土包
最后一次为它迁坟
是在我心里挖了个坑

那晚的风

那晚的风,敲打着窗棂
稀疏的星星交出仅有的光

一位慈祥的老人,在八十载的老屋
交出了仅存的呼吸和心跳

那晚的风,一直哭喊着
想要拽住一个敬爱的名字

原载《奔流》2023 年第 4 期

在桂花树下,独自看书

我在后院的桂花树下
轻轻地翻阅着书页
不知哪一页可以翻到
一个草民的黄昏
哪一页有桂花的幽香
细腻地飘来

不问兴衰
无关风花雪月
请在一个寻常的黄昏
把一个草民
写到历史里去
把他平凡的五官
写得生动一点
风吹草低,刚刚能看清
他清晰的样子

半轮村庄

白云飘远,几声鸟鸣
划破村庄的寂静

少了遮挡,稚嫩的翎羽蜷成一团
抱不住,一缕潮湿的炊烟

山的外面,还是山
踮起脚尖,烧焦的视线
拽不回模糊的身影

那就如天空守残月
残月月光,守护着半轮村庄

原载《中国作家网》

启 示

我来自草原

被最茂盛的青草喂养

我健壮敏捷,一日千里

在战场上,我勇猛如闪电

和平年代,我被丢弃在马厩

每天扔下粗糙的食物

把我当成一头驴

驮着苦役的生活

战争的号角再次吹响

此时的我,失去昔日彪悍

松软的皮囊

再也不能驰骋沙场

原载《文学天地》2021年第11期

隔屏的玫瑰

千年前送出,那把油纸伞
只为等候西湖边走来
有情的郎君

你不是白娘子,我也不是许仙
茫茫人海芸芸众生,竟也能隔屏遇见

前世没有积德,亦没有积怨
菩提树下虔诚百年,换你同心相守

手捧七夕而来
为前世的因今生的果,在你家门前徘徊
玫瑰花摇曳,我心忐忑

面带桃红,风中静默
如一枝含羞绽放的花朵

花香里的柔软

在那一刻,定格成永恒

原载《安康文学》2020年冬季刊

忠诚的心

街头暗影涌动
寒风中的流浪犬,泪眼婆娑

走丢了主人,天亮一直等到日落
有好人收养,也不离开这个角落

一盼就十年,牙齿掉了眼神已模糊
风雨从未间断过
心里永不褪色

少年到暮年
也许它是你的过客
你却是它的全部

岸

突然飞沙走石狂风大作
天空、大地、江河,换了颜色

魔鬼来袭
一个鲜活的生命
成了大脑的囚徒

白天被掏空了一般
恍惚在人世与地狱的边缘
夜停滞不前

要想冲破这无形的网
除了勇敢坚强还要心怀远方

原载《中国文艺家》2020 年 8 月

光顾一颗心

心灵的城堡里有许多房子

每间房子代表一种情绪

走进一间房子

感受春风拂面的温暖

走进下一间房子,也许夜雨冷风

开启心门向内探索

就像剥洋葱

一层层地剥下去

你会遇到

那个真实而脆弱的自己

那个自己叫着自己

亲爱的和宝贝的人

那个风雨里,温柔地双臂交叠

自己抱紧自己的人

原载《青年文学家》2020 年 4 月

我的爷爷

岁月越来越远，山水逐渐黯淡
天上的人呵，是否像星星一样看着

留山羊胡的老人，大字不识一个
人家凭学历供养，你却在街边赚吆喝

汗水浸湿的钱，把儿女送去远方
剩下的黄昏，变成我最爱吃的糖果

像蜡炬也像春蚕，甘愿付出所有
直到去世的那天，才放下一生的辛苦

抬头仰望，明月多像你慈祥的脸庞
银色的胡须，扎到我幸福的童年

我中意的生活

我愿在山水田园间
在远离尘嚣的闲暇时光里
置身大自然的怀抱,心神悠然

晨曦初现,金光洒满山林
迎接一天的开始
跳过山涧踏上青山,与蝶共舞

碧玉般的湖泊,宛如明镜
映照着我的喜悦
听风吟唱,尽情享受这片静美

青山翠竹,禽鸟嬉戏
云遮雾绕笼罩天际,宛如仙境
身居其中留下欢声笑语

透过光影,这里的一切

如同我中意的生活

让内心沉静,拥抱自由恬淡

原载《中国作家网》

黄荆条

已经很旧了
那根黄荆制作的长鞭
此刻
就悬挂在梦的高阁

抽打一次,就是一道疼痛的闪电
由一个人的手背
直达另一个人的心口

抽吧
抽打逃学的恶习
抽打弯曲的腰杆和虚假的面具
直到抽出一枚保护家国的警徽

到如今
那些斑驳的伤疤
都是甜蜜的挂念

原载《中国作家网》

那年大雪

那年大雪来得稍晚一些
远处的层峦叠嶂
近处的街道小巷
都埋没在银白的世界

萧瑟的寒风吹开
那年一次重要的考试
本该拿手的试题却在考场上失忆
内心无力地掉进冰窟窿

那年的冬天冷得出奇
冷得像掉了魂一样
眼里除了大雪
就是大雪带来的消息

那时好强的我
一个人呆呆地在雪地里

任由纷飞的大雪

把自己变成雪人

原载《中国作家网》

端午怀想

走进汨罗江畔
浮现一个伟大的身影
忧国忧民之心
哀民生之多艰

从不向小人妥协
也不与世俗同流合污
做忠贞不屈的卫士
一生为国奔波

亡国之痛千年之恨
满腹经纶再无回天之力
本可以远走他乡
却深爱故土不分离

怀抱蒙冤的石头
仰天长叹投入滔滔江水

溅起端午清白的意志

一代忠魂千古流芳

原载《鸭绿江》2021年第9期

笔行天下

身处斗室
却心怀四方
一经三顾茅屋
便放眼千里驰骋疆场

谦谦君子
满腹四书五经
文韬武略从不张扬
勤耕治国平天下

一撇一捺
饱含侠肝义胆
不负白帝城托孤
浓墨泪洒霜白的江山

穷尽一生
书写不朽的文字

刻在南宋岳飞的后背
世代流芳

原载《安康文学》2020 年冬季刊

和 谐

文笔山紫气东来
黄狗上黑牛家串门
抬头见清冷的牛圈
老伙计耷拉脑袋有气无力

黄狗确认过眼神
一溜烟跑进跑出叼来
一捆又一捆的青草
黑牛香甜地咀嚼温暖

太阳笑容灿烂
黄狗依偎在黑牛身旁
流露真情的和谐画面
随正午的金光蔓延

原载《参花》2021年9月

汉江号子

背负山的重量 柴米油盐酱醋茶
这玲珑的七姊妹抱成一团
不似手写的那么简单

为此你一次次弯进泥沙
拉出太阳拉弯月亮
绳索锯开的肩膀
任由风雨缝合伤口

又一次次喊出汉江号子
抛下险滩、激流、旧时光
将一种精神一种文化
保存在沿江的两岸

原载《神州文学》2021 年 11 月

高贵的灵魂

晚秋的风断魂的雨
清清冷冷凄凄凉凉
垂泪的大地
抱紧高贵的灵魂

虔诚的身影捧起书
喧嚣的城市就安静下来
一根竹竿两个拾荒袋
在图书馆外待命

看似卑微的流浪者
却是拿着退休金的教师
质朴的世界里
住着捐资助学的心

本应享受儿孙绕膝的他
选择独居寂寞的生活
拣拾丢弃的羽毛

为接济更多的贫困生

也没有留下财产
破旧土坯房几沓收据
一张签名的捐献字条
顺着清白融入滔滔江水

原载《延河》（诗歌专号）2022年第2期

纤 夫

头顶日月星辰
奔波岁月的长河
坚韧的手臂
弓背拉住生活

颠簸的船承载风雨
跋涉险滩激流
随声声铿锵的号子
逆行而上

磨出老茧的双脚
踩出通向远方的路
脚印深深浅浅
沾染几多风霜

迈出的每一步
都与恶劣环境拼搏

撑起奋斗的天空

化作一束温暖的光

原载《延河》(诗歌专号) 2022 年第 2 期

迎春花

披上七彩祥云
东风一路遍洒甘霖
山绿了,河清了,乡村秀美了
天空亮了,雨水甜了
日月换新天了

村东的刘光棍搬进新房了
村西的王寡妇
也过上红火的日子了
康庄的迎春花啊
芳香溢满华夏大地

原载《参花》2021年9月

友谊,地久天长

如果时光倒流
重逢久违的花样年华
一道道灼灼的目光
燃烧在 8750 班的殿堂

联欢晚会的交响乐
绿茵球场奔跑的身影
相处的点点滴滴
留下多少欢声笑语

四年的青葱岁月
就像一首深情款款的歌
栽种的友谊之花
开遍校园的每个角落

如今天各一方
彼此的祝福从未间断
时光改变了容颜

桃李情变得更加悠远

人生路上心相连
8750,热爱的心中家园

原载《文学百花苑》2021年第2期

留不住的泪花

几声鸦鸣山村就黯淡了
老屋黄狗撑着微弱的气息
似是做最后的道别

那个秋天窜出一条小生命
街角蹒跚地摇尾走来
也许怜悯也许今生有缘

乖巧似听话的孩子
上学路撒娇卖萌耍嬉戏
夜晚还守护在床前

当初一名懵懂少年
弹指一挥间走出校园
所有悲伤快乐像决堤的湖

轻抚额头合上眷念的双眼

泛起的泪花终留不住

十几个春秋的陪伴

原载《文学天地》2021年第11期

落　燕

十月天空垂下千丝万缕

一只受伤的燕子，扑腾在水沟

发出啾啾的哀鸣

那凄惨的声音，似从地底传来

我用手心的温度，暖干燕子一身湿衣

伸开手掌它抖擞翅膀

眼神发出光亮，叫声里多了清脆

脸上露出了久违的笑容

　　　　　　　原载《青年文学家》2022 年 4 月

四 月

四月,漫游诗海

仰望蔚蓝天空,采撷碧浪朵朵

放逐一湖澄澈春水

追赶七彩祥云

四月,铺开诗行

以崇敬的姿态,赞美红梅凌寒

一个不服输的生命

逐梦雪域高原

四月,繁星点点

挑起风霜雨雪,肩扛世事沧桑

那些涌动的血和泪

浇灌幸福花香

四月,燕语轻吟

青柳拂动细眉,桃红绽放笑颜

春风执笔送诗一首
写满一信笺祝愿

原载《青年文学家》2022年7月

白云的村庄

白云走出大山
小鸟挂在老槐树枝头
发出声声哀鸣

没有了呵护
瘦小身影支撑一个窝
生出微弱烟火

飞不出大山
夜里想念似潮水流淌
打湿温暖的梦

生活飘忽不定
小鸟的心思就峰峦起伏
想留也留不住白云的村庄

原载《青年文学家》2020 年 7 月

致敬，英雄！

这个冬天，洁白的雪花
洗不净黑色天空

山河有恙，四面的春风
驰援在冰封江城

大地含悲，逆行的身影
托举起微弱的生命

众志成城，撑起一片天
降毒魔扭转乾坤

夹道挥别，感恩的热泪
铭记济世丰碑

原载《参花》2020 年 8 月

爱无缺憾

夏季亚马孙河水浑浊
动物王国弱肉强食

鹿妈妈带小鹿河边喝水
河面死一般寂静

对岸吹来青草甘甜的清香
小鹿撇开妈妈径直游去

一条鳄鱼从水中央逼近
千钧一发鹿妈妈立起一堵墙

小鹿鳄口脱险了
鹿妈妈再也没有上岸

原载《安康文学》2020年冬季刊

逝去的小河

宛如一条绿色丝带
从峡谷到山脚
轻轻地飘进甜蜜的梦
与童年再相逢

亲密的小伙伴
嬉戏的水潭溅起笑声
儿时的乐园
垂钓的喜悦挂在脸庞

喝着清清的乳汁
你赋予生命的灵气
伴随一路成长
你的温润美丽了时光

流进身体的小河
虽消逝在茫茫大地

但在我的心底

缓缓回溯的脚步从未停息

原载《青年文学家》2020 年 10 月

阴 影

阴影潜藏在黑夜

隐匿于无言的角落

它让一切光芒都暗淡

也消减愉悦的心情

阴影是难以捉摸的

是失落和痛苦的代言人

它在心灵的深处画地为牢

将人们的梦想囚禁

然而,阴影也有存在的意义

它熄灭眩光的浅薄

在阴影下,我们思考和成长

在黑暗中寻找真相

不要逃避阴影

它是我们内心的一部分

唯有接纳它，才能真正超越

从而找到光明的出路

原载《中国作家网》

小画家

美丽的小姑娘在花园里画画

眼睛像湖泊般清亮

笑容如花朵般甜美

她一笔一画,画出自己的心愿

她画一片蔚蓝色的天空

飘浮着洁白的云朵,像棉花糖

她画一朵娇艳的玫瑰花

火红的花瓣,似乎将她包围

她画一座高山巍峨壮观

峰巅上有一棵绿树,挺拔而永恒

她画一条清澈的小溪

溪水潺潺流淌,发出叮咚声

她的画虽小,但感触颇深

在喧嚣浮躁中若内心清净和纯真

像这幅画一样充满温暖与幸福

一切都会变得越来越美好

原载《渤海风》2023 年第 4 期

折　腰

自小父母离世
十几岁就背井离乡
父亲硬是用脚踩出了
一条不屈的路

从不愿低头
总是倔强地一路行走
但在儿子工作的大事上
却软下他坚硬的膝盖

养育几个子女
已掏空半生积蓄
硬骨头的他第一次折腰
折在了权贵面前

父亲去世后
从母亲的嘴里说出来
一下就戳痛内心
泪光里的身影愈显高大

冬雪，伴你前行

寒冬季节，白雪纷飞
你的笑脸，在冰雪中闪现
像一朵纯洁的花朵

徒步雪地，举步艰辛
呼啸的寒风，却没熄灭热情
你的眸子依然闪烁温暖星光

手牵着手，不再孤单
无论冰雪世界，还是春暖花开
坚定脚步伴你一路前行

绵羊的春天

东风吹暖了大地
被冰雪裹挟一冬的绵羊
迎来了它厚重又笨拙的春天

一层层脱掉臃肿的羊毛
它的步伐轻盈
向着青草地自由地奔跑

卸下身外多余的重负
腾空的心灵如获重生

原载《中国诗歌》2024 年第 1 期

怀念恩师

每路过一次
白发就又添几许
岁月沧桑犁出道道沟壑
藏不住慈祥的笑容

难忘开过的小灶
昏黄灯光晕开清瘦身影
密密麻麻的红字
洒下的是一滴滴心血

感恩望子成龙
眼神总是饱含敬畏的词语
手把手传道授业解惑
不容有半点马虎

种下桃李
不知飞出多少凤凰

燃尽最后一刻
点亮学子心中整个世界

原载《参花》2020 年 12 月

大漠驼队

夕阳如金

洒在苍茫浩瀚的沙漠

一支驼队载着希望和梦想

远离喧嚣的村镇

经沿途风沙的侵袭

跋涉在大漠的胡杨林里

此时斑驳的树影

映照在负重前行的驼队

响起的阵阵驼铃声

诉说着旅途的孤独和艰辛

夜幕降临星光闪烁

寻找生命的驼队

在稍作休整后

又向新的终点挺进

发黄的照片

走进绽放的花季
清水芙蓉在眼前晃动
撩起青春的心事

轻盈清纯的春风
摇曳马尾红裙的芳华
吸引灼灼的目光

绿叶化身护花使者
林荫收紧欢愉的身影
叠成依偎的小树

月亮羞涩地钻进云层
孕育的爱情模样
留在了发黄的照片上

原载《传奇故事·经典美文》（原创版）2023年第3期

海 鹰

乌云涌来黑压压一片
层层逼近海上
惊雷也轰隆隆作响
勇敢的海鹰迎风飞翔

一道道闪电划破天际
钢铁之翼架起铁壁铜墙
发出怒吼直抵云霄
不惧掀起的滔天恶浪

掠过急流暗礁
冲破暴风冷雨的阻挠
一路高亢激昂
凯歌在海峡久久回响

原载《中国文艺家》2020 年 8 月

攀越雪峰

攀越雪峰的路

曲折而险峻

凛冽寒风撕裂肌肤

骤雪漫天飞舞

背负着沉甸甸的行囊

装满了勇气与决心

跋涉在冰雪峭壁

脚下是一片高耸坚硬的冰川

与风雪搏斗

每一步都充满挑战

超越心灵的高峰

已胜过登顶的喜悦

等待远方的人

拿着一束玫瑰
坐在熟悉的长椅上
风儿轻抚脸庞
空气弥漫着花香
说好每年你的生日
我们在这里相会
时间静静流淌
你一直没有再现
守候是久远的思念
不管来还是不来
你都住进了我的心房
无论风霜还是雨雪
我都会深情地望着远方
大声呼喊你的名字

岁月的车轮

寒风褪去了秋的颜色

密云的天空泛着深邃的寂寥

荒凉的草地无人问津

一排房子像座荒芜的城堡

四个轮胎躺在枯黄的草地上

旧时光爬满他们的脸庞

曾经四处漂泊驰骋在天地间

背负旅途的风尘和疲惫

如今生活从未如此安稳过

他们把接力棒交给了新的伙伴

静静享受风的轻吻雨的滋润

任由岁月的车轮不停地旋转轮回

原载《中国诗歌》2024 年第 1 期

倒流的时光

眼睛开出幸福的花

绿油油的麦浪连绵不断
似情意深浓无边
爱在这里约定
甜蜜在麦田荡漾

虽然他们发丝如雪
但内心依然年轻飞扬
她害羞如少女
他执着如犟牛

黎明曙光洒满大地
他们经风雨的层层阻隔
坚守的爱如陈酿美酒
愈久愈醇厚香甜

在耕耘半生的麦田

他们怀揣对彼此的眷恋

默默对视深情地笑

眼睛里开出幸福的花

河道义工

一群河道义工
穿梭于清晨的雾气
铁耙和小红船
划过被污染的河水

他们并不似采矿者
追逐金子的光芒
他们眼里只有风景
清澈的水倒映出瓦蓝的天

拔去泛滥的水草
铲除齐腰深的垃圾污泥
他们大爱的付出
河水报以哗哗的掌声

他们是河道的守护者
清洗着河道的容颜

从蓬头垢面到干净明亮

还原美好的自然风光

原载《中国诗歌》2024 年第 1 期

春城,加油!

春分之后
越来越多的鸟儿
飞到家门前的树枝上
捎来远方的消息

彼时的春城天空
黑云压境
支援的声音
一浪高过一浪

阴霾开始慢慢散去
春天已露出半截笑脸
季节整装待发
投身即将复苏的城市

茶

三月的鸟鸣擦亮天空
返青的大地上
一场雨后
那些茶树上抽出的嫩芽

被玉手采摘,晒青,揉干
仿佛一场孕育
继而,在沸水里,分娩出
苦涩,春风

在舌尖上回甘
像经年的酸甜苦辣
蜕变出,清欢

一饮再饮,沉静的心扉
会在余温中,氤氲出
淡泊的茶香

原载《青年文学家》2020 年 7 月

海　螺

曾经收到远方一个海螺

端坐窗台多少年

就像宝贝一样

擦拭得光滑明亮

它是真情最珍贵的一种

造型别致，洁白无瑕

海螺里装满了故事

每次看着，看着

海螺就在瞳仁开出花朵

幻化成惜别时

你在秋风里使劲挥手

泪洒车站的画卷

原载《文学百花苑》2022 第 2 期

孔 雀

晨光透过枝叶洒向林间
身披金光的桂花树下
一只孔雀在暗影里漫步

它的羽毛如明珠闪耀
婀娜的姿态灵动的身影
恍若仙子般翩跹人间

它的鸣叫婉转动听
清脆的声音越过树梢
悠扬的韵律在山谷回荡

阳光唤起万物生机
孔雀舒展开华丽的尾羽
宛如一幅美好吉祥的画卷

外卖小哥

城市里有一张名片
他们头顶朝阳又身披晚霞
穿梭在大街小巷
俨然是信守承诺的骑士

不管你走到哪里
集市，高楼，街区
总能看到身穿工装的外卖小哥
匆匆地来，又匆匆地去

手中每一个订单
都是他们心中一份使命
无论刮风下雨，雪盖路途
也丝毫不影响他们快马抵达

他们是最繁忙的一族
也是温暖的使者
他们融入城市的生命里
成为镶嵌在城市的闪亮明珠

梦中的薄荷

阳台上的薄荷
开出了淡紫色的花
一朵又一朵
将无灯的夜晚点亮

来自梦中的一枝薄荷
把世界所有的美
都化成甜蜜
花开在我的肩膀上

轻轻地摘下薄荷花
贴近我的心房
散发的迷人芳香
向肺腑蔓延

薄荷为黑夜插上翅膀
伴我在梦境飞翔
夜半醒来雨一直下
千丝万缕多像我的牵挂

葡 萄

小时候,第一次见到
庙堂里一只玉盘装满葡萄
像一颗颗黑亮的珍珠

闹饥荒的年代
能闻到葡萄诱人的芬芳
口水不由得滴下

长大后,见到许多葡萄园
红的绿的,白的紫的
一串串挂满新村的枝头

葡萄由酸涩到成熟香甜
到如今酿制的葡萄酒的醇厚
从僻壤飘向了四面八方

大雁南飞

大雁沿着回归的路
越过高山、江河、迷雾
远离北国苍茫寒冷的原野
奔赴温暖的南国

每次翱翔都是勇敢的舞蹈
故土草原上的鲜花
吸引蜜蜂和蝴蝶
也吸引着迁徙的大雁

南归大雁多像异乡的我
愿在来年的春天回到故乡
与亲人团聚
共度欢欣的时光

文笔山的春天

汉水边衔泥的燕子
纷飞在紫气东来的新村堂前
灵动阳光普照的春天

文笔山向水而生有仙则名
被骑绿马的春风寻踪悟真观
一路匍匐虔诚膜拜

传承道法自然的紫阳真人
屹立道行巅峰创全真派南宗一脉
千百年金身受香火供奉

修炼之地以道号命名
亲手种下的杨柳荫及子孙后世
福佑众生健康平安

含羞草

风一吹
敏感的叶子就收缩
如害羞的少女
柔弱的样子
让人心疼

如今,走遍人间
也遇不到
如此羞涩的女子了

一条路

一条路走着走着

同行的人越来越少了

再走着走着

一些人就不见了

后来每吹过一缕风

我的心就会痛一次

周遭的许多人

有的曾经那么风光

如果一条路

总是铺满阳光该有多好

如果天遂人愿

世间就鲜有悲伤的故事

时光似水般流逝

人生也在无常中行走

愿活在当下珍惜眼前人

余生只闻花香不再问流年

原载《三角洲》2023年第1期

圣诞节

当冬日阳光照进五湖四海
戴红帽的圣诞老人
就驾着祥云飞到我们身边

站在山城祈福远方
快乐少年攥着苹果收获心愿
这是兔年最想看到的画面

老 牛

不用扬鞭

脚踏实地的牛

不知洒下多少汗水

曾经的沙石地

迎来了生命的绿

丰收的金黄

掩埋荒芜掩埋贫瘠

却掩盖不住

沧桑眼神溢出的

骨子里的笑

乡村的月亮

夜幕降临
月亮挂在苍穹上
如一颗璀璨的明珠

庄稼人坐在院子里
话着家常
银白色的村庄宁静祥和

田野的稻穗
月光下摇曳丰收的喜悦
草木散发扑鼻的清香

乡村的夜晚
月亮多像长夜的守护者
给予希望与温暖

我低头看着水中月亮的倒影
它像一面镜子
映照浓浓的乡愁

桥

多年风雨，你瘦成一尊雕塑
岁月无情，淹没在浩渺烟波

生在无名的河，平静河水暗流涌动
无常的喜忧，造就你多舛人生

当河水清波细浪，你和着轻风拉长号子
当河水急流浑浊，你坚毅身躯迎来送往

河水由浅变深，你的脊梁又弯了几分
河水泛滥成灾，你的皱纹平添几道沟壑

不敢想那个夜晚，河水的怒气汹涌而来
经不住折腾的你，随落叶飘远

原载《青年文学家》2020 年 4 月

春漫茶山

巴山硒谷的茶
早起的春姑娘一来
满坡架岭冒出嫩绿的头
挎竹篮采茶的姑娘
一行行一串串在茶园穿梭
甜美对歌擦亮了天空

东风一路追赶爱茶人
伴着上茶山的绕梁余音
飞入茶园一壶壶甘甜的清茶
客官可否下马
痛饮茶马古道旁飘香的贡品
过一把穿越大唐的瘾

原载《青年文学家》2021 年 3 月

第二辑 公安诗歌

三月，献给警花

走过的日子
见证忠肝侠义柔情
撑起半边天

春风是你
抚平街巷家长里短
细雨是你
滋润万户千家心田

汗水在岁月中游走
信念依然不减
一身正气
在大美河山里飘扬

三月鲜花献给你
护航平安一起并肩
巾帼不输儿郎

原载《参花》2021 年 9 月

倒流的时光

忠诚坚守

有一所特殊的学校
远离城镇和人群
满是故事的校园里
一群老师品节高尚
迎来送往一批批学生
无论春秋冬夏

这里的老师叫管教
没有惊天动地的业绩
也没有鲜花和掌声
默默守护在高墙电网下
倾慈母严父般的情怀
传递人性化的关爱

这里的学生叫在押人员
失去自由不乏尔虞我诈
破罐破摔可不会听话
父母恨铁不成钢

唯有管教不离不弃

将沉沦的生命之火燃起

有一种追求叫奉献

多少风霜雪雨只争朝夕

融化坚冰把良心唤醒

他们不是亲人胜似亲人

倾注一腔心血

洗刷罪恶荡涤瑕疵

有一种精神叫坚守

安全文明是永恒的追求

即使从青丝跋涉到斑白

也要守土尽责护航平安

他们如同沙漠里的一粒沙

却从平凡中见伟大

原载《汉江文艺》2023年第3期

中秋,守护平安

团圆佳节,凝聚了家的期盼
归航的帆,季风把它涨满

万家欢聚,响起铿锵的步伐
清晨捧起太阳,夜晚又把星星擦亮

坚定的信念,似十五皎洁的月光
照亮祥和的夜空,让生命绽放

遥望远方,愿明月寄托心中念想
清风捎去安康,桂花香守护甜蜜的梦乡

冬日风景

积雪未化

清晨迎着刺骨的寒风

步伐踏出铿锵节奏

脚印连着沟沟坎坎

火红旗帜插遍银白山川

从星光挺进黎明

停息的波澜增添冬日暖阳

藏蓝与红袖章的融合

唱响联防平安之歌

飞进了千家万户

原载《文学百花苑》2021年第1期

大爱无疆

阳光普照华夏大地
一支队伍在高墙电网下
特殊校园里迎来送往
将世界最和谐的弦乐奏响

这是怎样的群体啊
闪光的警徽告诉我们
他们坚守没有硝烟的战场
羁押监管书写感人篇章

那是炎热的五月
平静的监室像往常一样
一人晕倒不省人事
一石激起千层浪

生命至上刻不容缓
一路人马脚步匆匆
担架上的人昏迷不醒

第二辑 公安诗歌

抬担架的人眉头紧锁

突发疾病十万火急
救护车承载一线生机
从县医院到市医院重症室
贴心守护胜过自己的亲人

也许诚意感动上苍
迎来了黎明的曙光
喂饭、翻身、擦洗的身影
感动得病员热泪直流

他们倾严父慈母的真情
而对家中年迈的父母
和望眼欲穿的妻儿
却只有永远的愧疚和无奈

这就是我们的公安民警

安全责任不容小觑

使命担当感天动地

护航平安他们续写传奇

原载《文学百花苑》2021年第2期

蜕 变

高墙电网锁住罪恶

蒙尘的心灵飞出铁窗

此刻没有蓝天白云

更向往自由

失足堕入围栏

园丁抽出残冬嫩芽

多少日夜的陪伴

就有多少嘘寒问暖

一个突发疾病的病号

还是将走出高墙的押运员

经脱胎换骨的春风

抚平的心止不住地泪流

拯救灵魂的校园

一群特殊的老师迎来送往

迷途浪子从这里入学

又从这里优秀毕业

原载《汉江文艺》2023 年第 3 期

监管之光

翻过鼠年的山岗
那一起走过的日子
亲如兄弟的战友
信念在平凡下坚守

固若金汤的高墙
挽救失足浪子看到曙光
在奋进中执着前行
护航一方平安

大地迎来牛年瑞雪
孕育春的希望
擎起安全文明的大旗
在青山绿水间飘扬

原载《汉江文艺》2023年第3期

藏 蓝

那年那月

儿时的梦想成真

藏蓝的庄严神圣

在心底油然而生

从警岁月你从未忘记

头顶警徽意味更多责任

侠肝义胆热血铸就警魂

哪里有危难

哪里就有你舍己救人

哪里有灾害

哪里就有你冲锋陷阵

哪里有案件

哪里就有你紧凑的脚步声

你成了群众最为信赖的人

多少个节假日

你很想陪在亲人身边

又数次过家门而不入留下遗憾

你内心愧疚却义无反顾

因为有更多需要你的人

待你破案攻坚排忧解难

是什么让你初心不改

你说你深爱着这一身藏蓝

原载《传奇故事·经典美文》（原创版）2023年第3期

从警三十年

蓦然回首间
从警三十年
理想和信念 人生与情感
熔于一炉被岁月冶炼

起步偏僻的小镇
身影萦绕地头田间
为民之风似雨后春笋
阳光执法带来生机盎然

抢险在泥泞里冲锋
严打犯罪为了一方安宁
无数日夜倾一腔心血
擦亮核心价值观

县域经济飞速发展
保驾护航勇挑重担
多少英雄儿女竞相奉献

谱写和谐新篇

百姓的梦境甜蜜悠悠
责任重于泰山
与时俱进继往开来
铸就警魂如星光灿烂

深山擒逃

山野夜深人静
小径灯光忽明
谁是夜行人
翻越数九丛林
莫道平安守护神
张网追踪细无声
夜未央，蛰伏草木布天阵
破拂晓，电光石火齐围攻
十年狡狼终现形

原载《中国作家网》

蝴蝶结

巴山伸手不见五指
布下点点灯火
上演一场斗牌
黑漆漆的小路
巡防的星光闪烁
村口一瓦房昏暗
"哐当"和着一声断喝
几人惊愕几人乱作一团

神兵天降
一人慌张
逃不过火眼金睛
如皮球泄气般瘫软
交出卖猪给娃凑的学费

哀求的眼神触动了心中的柔软
侧身悄然塞回衣兜
他的石头落了地

倒流的时光

我心中的小鹿怦怦直跳

一次聚会袒露多年心结
前辈拍拍我的肩一笑
口里飞出一串蝴蝶
阳光下翩跹
春风里飘散

其实，你并未远走

忘不掉"7·18"灾害
那个夏天雨倾盆而下
山洪暴发，家园被淹
乡亲们命悬一线

你背负重托，在急流中穿梭
与时间赛跑与危难同行
挨家挨户搜救
用坚实的臂膀，带群众跨向彼岸
自己却被泥石流吞没

山河垂泪，天地同悲
你的生命短暂
却谱写了一曲壮烈的英雄赞歌
闪光的精神
如火炬，照进我们的心间
如战旗，激励着我们奋勇向前

原载《中国文艺》2020年8月

清明寄哀思

隔岸杨柳,低下思念的头
断魂雨,淋湿清明的山坡
烈士陵园,松柏默哀
你舍生取义音容宛在

那个夏天,暴雨遮蔽天空
山洪暴发,发疯般撕咬大地
泥石流肆虐,如狂魔乱舞
不祥的风在乡村横行

危难之际,你挺身而出
敲响一道道门,推开一扇扇窗
几十名乡亲,挨家挨户撤离
再次搜救时你被泥石流吞没

你的墓前,黄菊花摇曳
一片悲悯的花瓣,飘落

惋惜，怀念，感伤
此时泪眼噙满我的英雄

原载《参花》2020 年 8 月

倒流的时光

这里，有一群公安

这里远离了喧嚣
少了人潮，没有欢笑
这里与外界隔离
常年封闭，别样天地

这里多了森严
岗哨林立，荷枪实弹
坚固的电网高墙
锁住罪恶，荡涤肮脏

这里有一群警官
少了光鲜，多了责任
他们曾被人遗忘
青春年华，默默奉献

他们是公安一员
镌刻稳定，书写安全
为挽救浪子回头

教育感化，润物无声

他们不愧是公安
铁骨铮铮，侠肝义胆
为勾勒美好明天
守土尽责，护航平安

倒流的时光

阳光监管（组诗）

窗　口

当清晨第一缕阳光

穿过厚重的铁门

开启新一天

和蔼贴心的藏蓝

一句句温馨的问候

一次次满意的答复

微笑着迎来送往

那不知疲倦的身影

挥洒着光和热

点缀窗口分外明亮

天　使

是谁，在灵魂失去自由时

敞开宽大的胸怀

是谁，倾严父慈母般的关爱

嘘寒问暖胜过亲人

是谁，在灵魂茫然无助时

牵手从苦海走向彼岸

他们是拯救灵魂的工程师

是大爱无疆的天使

即使从黑发走向白发

也要浴火重生凤凰涅槃

守夜人

夜幕下的景象

高墙内如白昼通亮

均匀鼾声传来平安的歌

巡控的守夜人

洒下关切的眼神

棉被暖不暖

倒流的时光

身体是否还露在棉被外

一年三百六十五个夜晚

心中装满冷暖

书写监管美好的明天

原载《汉江文艺》2023年第3期

平安的花朵

高墙下笼罩阴云

像一颗深埋的炸弹

生命进入倒计时

向着归零的方向

一天天在奔跑

随时暴发飓风

多少紧绷的神经聚焦

病危的耄耋老人

一双双如炬的目光

历经春风细雨的呵护

迎来满园平安的花朵

原载《参花》2020 年 12 月

战友情,一世情

岁月染白双鬓
皱纹隐藏许多风霜
挺拔的身姿
被时光改变了模样

不觉已到终点
站在不舍的地方
一缕烟雾缭绕万千思绪
烟蒂堆成了小山

多少春秋
身影游走在地头田间
多少日夜
奔走街巷的家长里短

坚守一方平安
心中装满疾苦和冷暖
倾尽一腔热血

好名声传遍四邻八乡

送别泛起秋凉
相拥和泪水交织经年的警事
随风化为永恒的眷念

原载《中国作家网》

烈火英雄

黑烟笼罩,一幢大楼哀鸣
借风的火舌上蹿下跳
一名姑娘,已无路可逃
求生之身悬在半空

浓烟翻滚,烈火疯狂
手紧抓窗沿被热浪灼痛
生死攸关,她多想
有一根救命稻草

消防呼啸,如同及时雨
亦好似猛虎下山
架云梯,喷射高压水枪
火魔顷刻间挂起白旗

房门砰然打开,阳光进来
仿佛天降神兵
一双大手,像闪电一般

把她从死神手里夺了回来

得救的姑娘，噙满泪花
此时可爱的英雄
一块心石，缓缓落地
炭黑脸颊上笑容绽开
露出洁白的牙

原载《传奇故事·经典美文》（原创版）2023年
第 3 期

监管之歌

拿起笔,眼前总是浮现
那坚毅沉稳的脸庞
披星戴月的身影

心中有爱,充满温情
你一次次舒缓压力促膝长谈
拯救蒙尘的灵魂

又一次次,倾注心血
像老师教导桀骜不驯的浪子
像航标灯指引迷失的方向

厚重铁门,封闭的高墙电网
齿轮转动多少酷暑严寒
你依然像暗夜里的一束光

你痴情,那一身庄严的藏蓝

即使霜雪已缀满发端

也撼不动你守护这片蓝天的决心

原载《汉江文艺》2023 年第 3 期

这一刻,我为您鼓掌!
——紫阳县公安局荣获"全国优秀公安局"有感

时光啊,请把太阳定格

在那激动人心的一刻——

5月25日10点30分

党和国家领导人在人民大会堂亲切会见

全国公安系统英模立功代表

紫阳县公安局局长光荣位列其中

此刻啊,热血铸就的金盾熠熠生辉

肩上的风雨化作欢呼的电闪雷鸣

为这一刻,您是出鞘的利剑斩黑恶

您是正义的子弹穿透钢铁

您是夜空坠落的星子

在祖国的大地上一直奔跑

您肩上挑着使命,一路艰辛坎坷

您的忠诚担当唱响共和国国歌

那振奋人心的庄严旋律

在历史上留下浓墨重彩的一笔
牢记嘱托,根植英模精神
向更远处一步步拓展延伸

致公安监管

有一个神秘而又森严的地方
四周是高墙电网固若金汤
高墙下有一群失足的浪子
良心被灰尘所覆盖
黯淡的眼神透出迷惘

多少昼夜有你们忙碌的身影
关注一只只迷途的羔羊
寒冬增添棉被驱走严寒
酷暑送绿豆汤带来丝丝清凉
亲人般的关怀使他们潸然泪下

你们用爱心教育他们将罪恶洗刷
用真情感化将他们坚冰融化
你们如黑夜的灯塔
扼守安全文明生命线
照亮迷茫浪子回家的路
为什么你们眼里充满牵挂

心里装满高墙内外的冷暖
是因你们不忘初心坚守使命
在这没有硝烟的战场
谱写平安之歌
无悔青春年华

第三辑 八行诗荟

母 亲

春天,还是一粒种子
在母亲的土壤里生根发芽

夏季,嫩苗一寸寸拔高
母亲是遮挡日晒雨淋的大树

秋天,羽翼逐渐丰满
飞出怀抱的小鸟翱翔云端

冬季,守在归乡的路口
拄拐的霜花寒风中望眼欲穿

原载《青年文学家》2020 年 6 月

三春晖

手生出老茧
一双耙子刨着生活的艰辛

额头刻满梯田
如弓的脊梁撑起瓦上霜

她怀揣一个梦
砸锅卖铁送儿走出僻壤

从青丝到花白
走不出云深处的大山

原载《青年文学家》2020年5月

放牛娃

白色天空，寒风掠过民国的草地
羊肠小道上，赶牛的脚步匆忙

冰凉的露水，湿透露趾的布鞋
朝霞劈开云层，映照瘦削的脸庞

攀爬山峰牧场，放眼众山小
一支队伍路过，头顶红星闪闪亮

见到亲人，牧笛声声悠扬
追随鲜红旗帜，扛枪跨过鸭绿江

人间十月天

枫红杏黄，柿子点亮金秋
如置身童话，勾起梦幻遐想

忙碌身影，迎来瓜果飘香
稻谷归满仓，笑声田野荡漾

换衣的风，和着蒙蒙细雨
奔走泥泞路，捎去初冬讯息

落英摔下来，不喊一声疼
趴在门口，盼再会绚烂之秋

原载《神州文学》2022 年 4 月

花　白

扶正犁铧，犁出道道沟壑
刻满岁月，无尽苦难和沧桑

刨出血泡，刨出一片金黄
起早贪黑，扛起重担和希望

大字不识，执意送儿去远方
一生愿望，不能像她尝尽凉薄

门前芦花，白了又白
佝偻的身影，头上青丝已染霜

原载《神州文学》2022 年 4 月

月上中秋

月光似水,来自远方
多像梦中至亲,投来的目光

仰望星空,分外明亮
思念的翅膀,带走满地清霜

月上中秋,高挂慈祥
无忧童年,在你手掌心成长

玉盘向圆,丹桂生香
外婆家老井,永远汩汩流淌

书　信

客居山村，笔尖沙沙
响声从夜晚一直到凌晨

饱蘸相思，每一个字
都抑制不住心跳

想了又想，写了又写
灯光拉长他清瘦的身影

厚厚书信，邮筒遥寄
何时收到银铃般的乡音

原载《奔流》2022 年第 3 期

告别辞

汽笛声响,又一次回头
多想人群中,有你熟悉的身影

哪怕就看一眼,四下都是你
柔情的目光,缠绵的叮咛

都是奢望,回不去的从前
就像两条铁轨,一直伸向远方

怀揣孤独,车站落叶凌乱
与秋风握别,尘封今生的遗憾

乡 情

被秋煮黄,向根飘落
片片相思情,风中愈酿愈浓

青蛙入泥,萤火虫远走
大雁划破长空,碾碎南归路

满山枫叶,燃烧异乡岁月
也点燃十月,那久别的乡愁

仰望明月,独处的嫦娥
是否同我,掏空思念和惆怅

原载《奔流》2022年第3期

老农与土地

铺开辛勤,老农执犁铧之笔
土地里书写春秋,也书写风调雨顺

春种夏长,稻穗躬身迎金秋
丰登的田野,多像涂满金黄的油画

血汗交给了土地,喜悦与苦涩参半
那些苦难岁月,让他背负一座小山

如今儿女都走了,留下他挪不开窝
他许下心愿,来生也依存在这片土地

汉江古渡

两岸青山,南北相望诉说千年风霜
分离的岁月,流成了故乡的汉江

一条乌篷船,不知度过多少春秋
河底泥沙,流水淘不尽历史和沧桑

摆渡人迎来送往,总也走不出渡口
水上人家的少年,鸿鹄之志高飞远方

涛声依旧在,彼岸花开了又谢
梦中的古渡啊,终是挡不住彻骨的呼唤

相思树

白玉的容颜，如一朵美丽绽放的花
没有扑鼻的张扬，蕴含缕缕暗香

瘦削的肩膀，笑容总挂在脸上
眼里带着柔软，勾勒隽秀的墨画

断线的纸鸢，一别多年没有消息
一起栽的小树，如今绿荫如盖

时常于梦中，浮现笑靥如花的你
就像护花的春泥，忘不掉对根的情谊

牵 挂

那个冬天,你在门外来回踱步
一声声啼哭,喜鹊飞上眉梢

毛毯收纳期盼,你看了又看亲了又亲
种的瓜藤里,结出了一个葫芦娃

从今以后,不管在天涯还是海角
你愿化作白云,看幼苗一天天茁壮

梦里常思念,儿子是你放飞的纸鸢
亲情的牵挂,牢牢地攥在手心

原载《青年文学家》2020 年 6 月

父亲的信条

年少时心存敬畏的不仅仅是老师
还有父亲手中一根磨光的三尺黄荆条

一旦生痛的山风从学堂传来
夜晚时常装上动力十足的心脏

一道道伤痕抵付犯错的代价
棍棒下的凤凰一个个飞出僻壤

父亲的黄荆条随人生长河漂走
那一代人的信条慢慢被岁月遗忘

你的痛，落到我的心里

病床在黑夜，不停地发出哀鸣
疼痛，从你的脸颊滑落

你说，如果我不在了你会哭吗
犹如惊雷炸耳，侧身的泪雨点般地流淌

牵动的心，在重症室外望了又望
煎熬的时光，怎么比蜗牛还慢

拽住西去的鹤，赶走乌鸦
余生牵手白头，将苦难酿成醇香的酒

原载《鸭绿江》2020 年第 2 期

互联网的春天

神奇的网,另有一番洞天
偌大的地球,拉近为一个村

南方与西方,万水千山一线牵
冥冥之中,隔屏也会遇见

尘世的缘,永远不会缺席
苍天有情,勿忘我朵朵开遍

相近的灵魂,擦亮虚拟的星光
一路照进,互联网的春天

原载《文学百花苑》2021年第1期

老 屋（一）

马灯挂在低矮墙角，划着一根火柴
点燃昏黄小屋，夜就夹尾巴出逃

寒冬漫长，长不过母亲手中针线
微光映照沧桑，缝补缺衣少食的日子

换来土豆玉米，清香就从灶膛溢出
巧手酿制的甘甜，喂养不知愁少年

久远的老屋，一次次升起炊烟
被思念撞个满怀，跌落潮湿的梦

西去的鹤,让思念永驻心房

二月的惊木,让山河陷入静默
终留不住,慈祥老人远走的背影

一次累倒,抵换毕生的操劳
病榻上还是放不下,惦记的儿女

月光降下帷幕,堂前音容笑貌宛在
绵绵的雨水啊,为何带走至爱的人

春风一路追赶,想要拽回
然而去路茫茫,唯有思念永驻心间

原载《青年文学家》2021年3月

优雅老去

不知何时，满头青丝已染霜
世间凉薄，眼额皱褶溢出沧桑

慨叹不可抗力，仿佛步入老旧巷子
岁月斑驳了墙壁，送走了生死别离

衰变的容颜，挡不住明亮目光
也带不走，心中驻留的风景

余生笔墨飘香，将淡泊的心灯点亮
愿与秋风和解，与日子翩翩起舞

黄昏的画卷

工地上的挖机,影子越拉越长
修路的人还在影子里忙

江边垂钓,看上去多么清爽
一排排别样鱼竿好像在接受检阅

桥上倚栏的老人,默默观望
似乎在时光里搜寻逝去的过往

落日,用温和的目光
将这一切揽入怀抱

原载《中国作家网》

小荷初嫁了

小荷刺破荷塘,露出尖尖角
待蛙鸣高过六月,响起招亲的锣鼓

此时的荷花,如出嫁的新娘
打开的心扉,披上那粉红的盖头

一只红蜻蜓,也曾炽热追逐
但终究如流水,带走忧伤和孤独

怎不知荷花,有两小无猜的心上人
风锁不住荷香,传遍了整个村庄

原载《中国作家网》

胡　杨

一排排胡杨，屹立在石漠之上
根须深扎，戈壁滩的荒凉

炊烟袅袅，驼铃声阵阵回响
你灵魂的站姿，守望平安吉祥

狂沙作孽，你目光如炬
亮剑似铁壁铜墙，傲立不屈风骨

大伞撑起蓝天，挥动刚劲的手臂
抖落每一片忠魂，滋养脚下的土地

原载《参花》2020 年 12 月

墙头草

墙头上的小草,扎根在浅浅的土壤
顽强地生长,任由东南西北风

翘首张望,春风习习
它会随风摇曳,展现最美的模样

暴风裹着雨吹过,它迎着狂风
虽是随风倒,但有不折腰的坚强

若说极像不倒翁,如同太极高手
经受煎熬,依然游走岁月之上

原载《奔流》2022 年第 3 期

十指扣

像一座山，轰然倒塌
瘦弱的脊梁，撑不起一片天空

失去支柱，倒在阴冷的角落
任过往的秋风，无情地扫来荡去

心急如焚的母亲，眼神装满洪水
生怕来不及，就被无情地吞没

她没有伸手，与女孩并肩躺下
动容的雨水，勾画温暖的十指扣

老 屋（二）

仁河小镇辞别人间被轻浪抚摸
古渡会馆在水中站成雕塑

童年老屋灶膛火温暖如初
门前房后蝴蝶纷飞瓜果满园

春天柳笛声声叫醒早起鸟鸣
夏季小河捉鱼抓虾装一篓星光

一场无情的洪水带走了老屋
却带不走心田永驻的风景

原载《参花》2020 年 5 月

感恩的心，在江城闪亮

清晨寒风追着，满载的新鲜蔬菜
一张紧绷的脸，庄重而急切

都市安静下来，食材无比珍稀
质朴的菜农，微光在江城闪亮

驰援的身影，吃着春节的泡面
家里的清香，还留在年前的记忆

种下一车绿色，只为献给逆行天使
感恩的芬芳，不但营养还很暖心

原载《安康文学》2020 年冬季刊

珍食莫蚀

赤脚弓背，勤耕豁嘴的土地
老茧播下春的希望

头顶夏日，汗滴浇灌禾苗
攀岩的绿拼命追赶五谷丰登

秋的田野，稻穗压弯了腰
打谷场尘飞扬堆满座座粮仓

手捧不易的金黄，粒粒冬藏
黝黑脸庞舒展开饱含的风霜

真情难却

翻越秦岭之巅，鸿雁飞书
一封封文字，就是一份份欢喜

多少个日夜，摁不住的相思
又把心跳装进信封，遥寄一往情深

那些青葱岁月，在你的柔情沦陷
而毕业季的一场雨，打湿热烈的梦

离别的秋天，落叶如梨花带泪
只留压箱底的照片，装满你的甜蜜

第四辑 散文苑

悬壶济世的好中医

现年 61 岁的邱明友，是安康市汉滨区流水镇中心卫生院一名中医内科副主任医师，也是安康市邱氏家族引以为荣的中医传承者。1982 年 7 月，他从安康卫校中医专业毕业后，回到家乡做了一名医生，一干就是四十年，为不知多少人解除了疾病的痛苦。

四十年来，他从风华正茂到花甲之年，始终保持医者仁心，谨守悬壶济世，扎根山区，无私奉献，赢得了乡亲们的信赖和同行的一致好评。由于工作突出，他先后被授予安康市汉滨区卫生系统第三届"十佳医生"、安康市卫生系统市级首届"十佳医生"光荣称号。

年幼妹妹的病故，让他立志要当一名好医生

邱明友出生在安康市汉滨区流水镇一个十分偏远落后的小山村，那里山高沟深，土地贫瘠，交通极为不便。那时没有村卫生室，乡镇基层医疗条件也十分简陋，老百姓因为缺医少药，连患个普通感冒也要到十几里之外的乡卫生所去看。当时农村经济困难，很多村民大病看不起，小

病只能靠身体扛。一次家庭变故，在邱明友幼小的心灵里埋下了当医生的种子，也改变了他一生的命运。

1974年的初夏，比他小6岁的妹妹突发感冒，身体十分虚弱。因为看病难延误了治疗，最后发展成肺炎，全家人束手无策，最后眼睁睁地看着年幼的妹妹离开了人世。在父母撕心裂肺的哭声中，少年时的邱明友久久地站在小妹的遗体旁，泪水夺眶而出。好强的他暗自发誓，将来要做一名治病救人的好医生，不让妹妹的悲剧重演！

从这以后，邱明友像变了一个人，不再贪玩了，读书也更加用心了，他在为实现当医生的梦想而刻苦努力。功夫不负有心人，1979年的秋天，邱明友终于考上了自己梦寐以求的学校，当拿到录取通知书的那一天，他一路哭着跑到妹妹的坟前，他要告诉妹妹，他的努力没有白费，哥哥考上安康卫校了！以后哥哥要为老百姓看病了。

每每听到一声声谢谢，他就有一种成就感和认同感

学成归来的邱明友，没有选择去城市工作，而是选择了回乡发展基层的医疗卫生事业，他要学以致用服务乡亲。

他上病房、坐门诊，还经常出诊，只要哪里需要，哪里就有他的身影，流水镇的山山水水、沟沟坎坎留下了他一双双坚实的脚印。他知道,在这里,有他的父老乡亲;在这里,有他白发老娘的墓碑;在这里,有他曾经为小妹留下的誓言。

他,作为一名普通的基层医务工作者,一年365天,每天与病人打交道,很少休息。他超负荷地工作,从没有叫一声苦,说一声累,只要看到病人一个个转危为安,一个个由满脸痛苦变为灿烂笑容,听到病人及家属道一声"谢谢",邱明友就有一种成就感和认同感。

1990年夏,村民陈某患右食指血栓闭塞性脉管炎来医院就诊,自述经西药治疗数月无效,听人说邱明友医术高明,就抱着试一试的心态改看中医。邱明友接诊后,见患者指尖端破溃流脓,全指三分之二皮肤变紫,局部发凉,疼痛难忍。经过问诊,邱明友决定采用重剂量中药"四妙勇安汤"进行治疗。陈某按照医嘱一日一剂,水煎服,在服用60余剂后病情好转。为答谢邱明友大夫,他专门制作了一面锦旗赠予邱明友大夫,上写"药到病除 妙手回春"八个大字。

1998年中秋节,邱明友正准备休假回家,村妇王某将他拦住,哭诉她的儿子流鼻血不止,又没有钱到大医院看病,请邱医生救救她的儿子。他问明原因,二话没说,提着药箱,就跟着王某匆匆出诊,他以中医"红见黑则止"之理，先用炭药止血，随后便用清热、凉血、止血之中药调理一周而愈。王某一家人十分感激地说："邱医生，您是娃子的大救星啊，这一辈子咱们都不会忘记您的大恩大德。"

他对待患者如春风般温暖，对家人却充满愧疚和无奈

多年来，邱明友总是把工作放在第一位，不计较个人得失，兢兢业业任劳任怨，就像上足了发条的机器人一样，不知疲倦地为广大患者解除痛苦带来福音，但对待家人，他却始终充满愧疚和无奈。

"邱医生，求您救救我妈妈，求您了！"2002年的除夕之夜，正当邱明友一家吃团圆饭时，一名少年气喘吁吁地跑来，双膝跪地声泪俱下。邱明友赶紧将他扶起来，关切地问："咋了？"少年答："我妈喝甲胺磷了！"邱明友立即放下饭碗，带上急救药品赶往病人家，老远就闻到屋里有刺鼻的气味，此时患者呼吸困难，口吐白沫，瞳孔缩小，他一边紧急抢救，一边联系救护车，并连夜将患者护送到上级医院救治。直到第二天清晨病人转危为安后，他才拖着疲惫的身体往家走，可他万万没想到，年老多病的母亲在一小时前突发脑出血病故。

"娘啊！我的娘啊！"噩耗传来，犹如晴天霹雳，一下击垮了邱明友。大年初一，76岁的老母亲没有再见邱明友最后一面，带着遗憾走了，邱明友知道，母亲在临终前多么想自己在跟前啊，可是为了病人，他是忠孝两难全，这也成为邱明友日后难以释怀的一块心病。

2012年5月，身患子宫肌瘤的妻子住院了。手术前，妻子拨通了邱明友的电话："老邱啊，我明天要手术了，你说应该不要紧吧？我若是出现意外……"电话那头妻子哭了。这头邱明友安慰妻子，并答应明早到医院陪妻子。可是计划没有变化快，还没来得及走，病人就先找上门来了。

"咋办？"其实邱明友已经有了答案。整整一天，他照常坐在门诊室，为病人把脉治病，直到一名亲戚路过医院发现了他，责问道："老邱啊，你真是铁石心肠吗？你妻子做那么大手术，你都不去照顾？"邱明友一时无语，最后还是在亲戚的帮助下，妻子平安渡过难关。他就是这样，为了自己热爱的医学事业，为了更好地服务群众，舍小家顾大家，做到了无愧于医生的称号，但对家人却充满了愧疚和无奈。

他传承国粹以师带徒，为发展中医殚精竭虑

从医四十年，邱明友养成了"在干中学，学中干"的好习惯，积累了丰富的临床经验。他对中医理论、古典医籍、汤头歌诀、药性赋及现代医学理论颇有研究，并理论联系临床实际，按照整体观念、辨证论治、扶正祛邪的辨证规律，结合现代医学理论，走中西医结合之道，来治疗常见病、多发病及疑难杂症，取得了明显成效；他还对部分病案进行分析梳理，如《金匮要略》治湿探微、老年脾胃不和的中医辨证治疗，以及痰瘀同治法治疗中风等有自己独到的见解，所著论文刊发在《陕西中医》和《内蒙古中医药》等刊物上，受到了业界的充分肯定；他在慢性肝病、肾病、消化道及妇科疾病方面也有治疗心得，并通过了临床验证，他把几十年总结的经验和做法都言传身教给几名年轻医生，努力为发扬光大中医事业贡献一份力量。

2020年，邱明友光荣退休了，但安康市汉滨区流水镇中心卫生院需要他，群众需要他，广大的患者朋友更需要他，他又被医院返聘，继续以优秀的品质，精湛的医术，为人民群众发光发热……

邱明友不仅仅是一名好医生，也是关心家族发展，传承家风的楷模。2002年邱氏家族编谱著书，他组织家族

宗亲广泛参与，并且带头捐款资助；修建家族宗祠时，他依然一如既往地鼎力支持，促使仲亮公祖先牌位在宗祠供奉，享受人间烟火，荫及子孙后代，受到了邱氏宗族的普遍赞誉。

原载《今日作家》2021年度选本

坚守小站

一声声巨响之后，陡峭的牛头山被活生生炸平了一半，三十几台推土机日夜轰鸣，把土一车车推走，填平了五十多米的一段沟壑，这是千里襄渝线上，铁道兵为了修建火车站，曾上演的一幕"愚公移山"。

这填平的沟壑建起了一座名叫向阳的小站，一个新时代的"愚公"就在小站里不忘初心、牢记使命，默默地坚守着。这个"愚公"，四十多岁，总是穿一身干净整洁的铁路制服，一双眼睛炯炯有神，走起路来风风火火，表情看似有一些严肃，但接触后，发现他性格很温和，他就是小站的站长杨中锋。

杨站长是外地人，分配到巴山腹地的这个小站工作后，就爱上了小站，也在小站成了家，妻子是小站所在镇上的小学教师。平时他的生活圈子很小，除了家庭，就是单位。他始终铭记入党誓词，工作中像一颗不生锈的螺丝钉，紧紧拧在小站的铁道上，为南来北往的列车报一声平安。

职工们说，杨站长每天回家吃饭总是来去匆匆，除了睡觉，总是"拧"在铁道上不松劲。是的，排头兵的一言一行，在职工眼睛里就是无声的动力，就是榜样的力量；风雨无阻的示范岗，演绎在大山深处的就是一名共产党员的奉献之歌。

夏秋季节，四川个体户老吴经常发运大米到陕南各站，这次不巧，他到向阳小站卸车时遇上了雨天。老吴从没有见过这么大的雨，雨像千军万马奔腾而来，地面上溅起半尺高的水花，二十米开外就看不到人影，大雨封住了运送大米的路，老吴在大雨里发愁：这可怎么办呢？如果不及时想办法，一旦大米被雨水浸泡发霉，损失将是不堪设想的！正在他无计可施之际，一个亲切的声音传来："同志，看你这么着急，有啥事需要帮助的吗？"老吴的眼睛顿时放出了一丝光芒，这不就是小站站长杨中锋吗？他赶紧握住杨站长的手，说："杨站长，你看这么大的雨，我的这一车大米没有地方卸货啊，你帮我想想办法吧？""放心吧，老吴，在小站就像到了自己的家一样，没有解决不了的事。"杨站长给了老吴一颗定心丸。

杨站长的话如一缕春风驱散了老吴心头密集的阴云，紧绷的神经一下舒展开来。杨站长说到做到，他叫来十几名职工，亲自安排卸货搬运，腾出车站候车室来放大米，硬是在雨中忙活了几个小时，看到候车室堆成半边山高的大米，老吴激动得热泪盈眶，一把握住杨中锋的手说："杨站长，以前我没有觉得这个小站有什么特别之处，没想到在最关键最困难的时候，是你们鼎力相助，让我真心体验到这份真情实意，不然的话，这价值几十万元的大米就要打水漂了！"

山东青年小华谈起杨站长帮助他的事，也是非常感动。他说："杨站长在我最无助的时候，伸出援手，改变了我的一生，也让我从此爱上铁路这一行。"这到底是怎么回事呢？

春运期间，高中厌学的小华到四川走亲戚，结果未遇上亲戚，返回时无票乘车流浪到小站，没有钱住旅社，就在小站候车室里睡觉。第二天早上，小华还在睡梦中，就被一个声音叫醒，他张开惺忪的眼，见一名穿着制服的工作人员，轻声地问他："准备到哪里去？"小华见这名工作人员态度和气，就把实情相告，没想到工作人员把小华带到铁路职工宿舍，让小华洗了热水澡，换了干净的衣服，还领他去职工食堂吃了饭，这是小华离家出走十来天第一次吃到那么香的饭菜。这名细心的工作人员还慷慨解囊，其他职工也纷纷出手相助，凑了六百元路费用以帮小华安全返乡。

最后，小华才得知帮助他的人，就是小站的站长杨中锋。杨站长的爱心帮助，让小华爱上了铁路，也让小华感受到人间温暖。通过这件事，他的思想发生了很大的改变，他不再东跑西跑了，他要通过努力学习，来报答杨站长的恩情。后来，小华终于如愿以偿，考上了一所铁路高校，毕业后也在铁路系统工作，他要以杨站长为榜样，将这份爱心传递下去……

共产党人最讲"认真"二字。说到党员站长杨中锋，就得说到他对工作的认真负责，一丝不苟。他知道，铁路安全无小事，安全重于泰山。他一心扑在工作中，日夜巡查，事无巨细，一次又一次处理了存在的安全隐患。每次车停小站时，他总是会逐个排查每节车厢的安全，比如车厢之间的接头，比如门锁等是否存在隐患，在他的眼皮底下，险情是藏不住的。一次，从外地发运水泥的一节货车，由于装载加固不牢，将车门挤开，他发现后，立即找来铁丝将车门捆绑结实。还有一次，一辆货车停在小站，他巡查时发现一节平板车上冒烟，他赶快组织职工灭火，半小时后终于消除了这起火灾隐患。

在小站工作的十余年里，杨中锋连续四年被铁路车务段党委评为优秀站长，连续两年被评为优秀党员。自他上任以后，小站也先后多次被授予"文明单位""先进集体"光荣称号。

杨中锋追求的是什么精神呢？在当年铁道兵"愚公移

山"的地方,他作为一站之长,对客户公事公办,从不以权谋私。有些人认为,有权不使,过期作废,他是不是有点"愚"呢?但是,党风党纪铸造了他的灵魂,他坚守的,不正是置身于大山中的凛然气节吗?

原载《传奇故事·经典美文》(原创版)2024年第4期

茶山情怀

风景秀丽的营盘梁上，有一个名叫茶山的旅游景点，每年三四月采茶季节，四面八方的游客络绎不绝。而这些慕名而来的游客不仅是旅游观光，更想品味茶艺表演，聆听茶歌高唱，感悟茶文化的丰富内涵呢！

1991年的春天，茶山还没有茶艺方面的专业人才，怎么办呢？在茶山工作的党员职工张贤贵为了不辜负领导的信任"临危受命"，为了满足游客的情趣，他临阵磨枪，现学现卖，凭借对茶文化的领悟，他表演的茶艺如行云流水一般，唱的茶山飞歌声音浑厚有磁性，第一次的开场就赢得了游客的热烈掌声。

张贤贵何许人也？他是20世纪80年代中期毕业于农校的老牌中专生，从普通员工到党员干部，他就像老黄牛一样一心一意扎根茶山，一步一个脚印精耕细作，他把青春年华洒满茶山每一寸土地，开出了一朵朵惊艳的花，芳香飘向了大江南北。

这是怎样惊艳的花啊，招引蝴蝶飞来？茶山在当地不但是旅游景点，还是研究茶叶品种的基地，目标是既适应市场经济的需要，又推陈出新促进古老茶山不断生机盎然。

张贤贵在服务茶山景区的同时，还致力于茶叶的研究。他在茶山里搭建了一个苗圃，在总结前人成果的基础上，先后选育出大叶泡和茶山 1 号、2 号、26 号等 20 余种不同形态的单株，这些品种就像他的孩子一样，每天精心照料，观察每一株的变化，并将数据记录在案。通过反复实验，多年的研究终于有了回报，那一株株幼苗凝聚着他多少汗水多少心血！培育成功的那一天，从来不流泪的他哭了。那晚，他在苗圃，和他的"孩子"一起睡着了，这可能是他这十年来睡得最好最踏实的觉了。

他参与研制的富硒银针开发项目，先后获得香港食品博览会金奖和杭州国际茶文化节银奖，一时间他声名鹊起，海内外纷至沓来的专家学者还在茶山下的五省会馆里召开了一次高峰论坛，研究探讨茶山的茶文化、茶山的起源、茶山的茶等。经过数小时的激烈辩论，最后得出结论：茶山是茶马古道的发源地，自唐代以来，茶山的绿茶就是通过茶马古道源源不断地运送到京城，成为朝廷的贡品。现在张贤贵研制的富硒系列茗茶，要比唐朝皇帝喝的茶好很多了。

小有名气的张贤贵在接受记者采访时，有记者这样问他："在茶山这么多年，最遗憾的事是什么？"镜头前的他突然不说话了，眉毛紧蹙，似乎陷入了沉思，他说出了一个埋藏已久的秘密。

那是一个冬天，茶山扩大了生产，由原来的茶叶制作小作坊，变成一个现代化的茶叶加工厂。此时，需要从外地采购一批先进的制茶机械，领导准备派一个懂机械的内行去，可是选来选去，没有合适的人选，张贤贵就主动请缨："让我去吧！"领导连连摆手说："不行不行，你爱人都挺起个大肚子，快要临产了，还是让别人去吧！"张贤贵又说："我是内行不会受骗，不能叫国家受损失。"领导见他执意要去，又考虑没有比他更合适的人选，就同意了。没想到的是，他一走半个月，其妻就在他走后的第十天，不幸难产，小孩夭折了。这件事就像一座山一样压在他的心里，通情达理的妻子虽然没有埋怨和责怪他，但他却对妻子充满了深深的愧疚，这也成了他今生的痛。

张贤贵扎根茶山三十年，热爱着茶山的每一寸土地，也对和他一起努力一起进步的职工有着深厚的情谊，他心里装着职工的冷暖，也装着职工的生命财产安全。有一年秋天，一连下了好几天的雨，几条干涸的沟都被雨水填满，整个茶山似乎被雨淋透了，看到山体有几处小垮塌，张贤贵敏感地预见到一处偏远的茶山宿舍情况不妙，他不顾大雨滂沱，心急火燎地赶往宿舍所在地，当机立断组织撤离。一向对张贤贵敬重的职工和家属，非常信赖地听从他的指挥，大家刚从后门撤到安全地带，脚还没有站稳，就看到巨大的泥石流从职工院坝轰然而下。多年过去了，一提起这事，茶山的人都无比感动，他们说，如果不是张贤贵的准确预判，后果就不堪设想了。

张贤贵在处理个人敏感问题时，不是当仁不让，而是通盘考虑礼让为先，这也是衡量一个共产党员的试金石。张贤贵的妻子是茶山的临时工，上级考虑他的突出贡献，曾拨予指标让其转正，但他主动放弃，将指标让给别人，开始很多人都不理解，就连他的老岳母也曾找上门来，质问他："贤贵，转正可是很多人梦寐以求的大事，你怎么就轻易地让给了别人呢？"他握着岳母的手，微微一笑说："妈，您想想咱们的职工，有的干的时间也不短了，特别是李二黑家，家里几口人要养活，他比我更需要这个指标啊！"老岳母听后，觉得他说的有道理，就再也没有过问此事。

张贤贵总是想着别人，唯独没有他自己。由于他长年在野外辛勤工作，饱一顿饥一顿，所以经常被胃病折磨。上级考虑到他的健康问题，三次做工作，调他到条件较好的市区，他却一再推托，婉言谢绝了，他说："感谢组织的关爱，我在这里已经住惯了，这里的一草一木，我都有感情，我离不开茶山……"

原载《传奇故事·经典美文》（原创版）2024年第2期

爱心接力

巴山中学高二（2）班的班主任李老师最近发现一向遵规守纪，品学兼优的张兰兰"不听话"了，她说好请几天假，回去照顾生病的父亲。结果，马上要期中考试了，她还没有回到学校，给她家里打了几次电话，也没人接。李老师感觉有一些不妙，星期五上午，她放下手头的工作，就心急火燎地到张兰兰家做家访。

张兰兰家住在樟木村，坐一小时车后，还要走好几里山路，爬一段陡坡。李老师一心想着自己的学生，下车后一路紧赶慢赶，硬是走了两个多小时，刚走进张兰兰家院子，就听见屋子里张兰兰的父亲在跟她说话："我这病把你拖累了，爸爸对不住你啊！"

"爸爸，你就好好养病吧，啥都不要想，病好了比啥都强！"张兰兰懂事地宽慰着父亲。

几声剧烈的咳嗽后，又听见张兰兰母亲的声音："明天出门，天气冷，要多带几件衣服，到了外地，记得给屋里打电话，要注意安全，照顾好自己。"

李老师心里"咯噔"一下，张兰兰这是要辍学打工啊，一个好端端的苗子放弃学业岂不是非常可惜？李老师没有多想，一脚就跨过门槛，急切地呼喊："张兰兰，张兰兰！"张兰兰应声从里屋跑出来，看见是李老师，一时愣在那里，不知说什么好，还是李老师打破了尴尬："张兰兰，你家里有困难，怎么不早说呢？"不等张兰兰开口，李老师又说："之前，我给同学们都讲过的啊，谁家里有困难，都要告诉老师，大家一起共渡难关，千万不能因为有困难，而放弃学业。"

此时，在一旁的张母，流着泪说出缘由："她爸爸脑部长了一个瘤子，去年住院做手术花了两万多元，都是借的，后期治疗还需要花一大笔钱，家里实在是没办法呀。"

闻此言，李老师一时也不知如何是好，只能简单安慰张兰兰一家人几句。回家的路上她心里沉甸甸的：得想办法，说啥也不能让孩子因贫失学。当晚，她把这件事告诉了丈夫老王。

老王是县公安局的民警，也是一个热心肠的人，他非常支持妻子的想法。然而，个人能力有限，老王就向单位做了汇报，他的想法得到了公安局领导的支持。于是，公安局发出了为贫困生张兰兰家捐款的倡议书。通过爱心捐款，最终不仅解决了张父后期的治疗费用，也解决了张兰兰的上学费用。学校为张兰兰申请了贫困生救助资金，李老师每月也省出五百元给张兰兰当生活费。张兰兰在李老师的帮助下，重新回到校园。

李老师夫妇像对待自己的亲闺女一样对待张兰兰，总是鼓励她努力学习，做对社会有用之人，将来好好报效祖国，并在生活上给了她无微不至的照顾。张兰兰也很争气，高考时一举拿下全县文科状元。

张兰兰在大学期间，感念李老师良苦用心，不仅学业优异，政治上也积极进步，入了党，毕业后考上了公务员。多年的培养，李老师已经把张兰兰当作自己的女儿了。就在李老师退休的那一年，她去看望远在成都工作的张兰兰，"母女"欢聚，其乐融融。张兰兰看到日渐苍老、满头白发的李老师，心里就不是滋味。她多么希望时光能慢些流逝啊，李老师可是她一生遇到的贵人啊！没有李老师就没有现在的张兰兰。

李老师在张兰兰租住的房子小住几日。不经意间，她打开了放在电视柜里的一个盒子，发现里面装有一大沓收据，以及各种捐款的凭证，抽屉里还有一些信件，原来是来自全国各地的感谢信。李老师本以为，这几年张兰兰舍不得吃，舍不得穿，省吃俭用存钱买新房呢，万万没想到，张兰兰把工资的大部分都捐给了需要帮助的贫困生，就像当年她帮助张兰兰一样。

张兰兰正是受到李老师爱心的感染，自己也乐于帮助他人。这多么像"蝴蝶效应"啊,将爱心传递下去,就会带动更多的人,这样爱心接力,就会使我们这个世界变得越来越美好。

任成兵脱贫记

陕西南部有一个小山村，地处秦巴山区，平均海拔 770 米，那里山大人稀，土地贫瘠，经济非常落后，开展脱贫攻坚工作之前，村内水、电、路、通信基本不通，全村 300 户里就有 94 户贫困户，是远近闻名的穷乡僻壤，这个村就是陕西省安康市汉滨区牛蹄镇林本村，安康市税务局干部张平在该村担任第一书记，他深入群众，一干就是三年，使林本村率先在全市脱贫致富，谱写了誓叫日月换新天的脱贫攻坚进行曲！

张平回忆起当时的情景，依然历历在目记忆犹新，他为我们讲述了如何帮扶林本村贫困户任成兵一家脱贫致富的感人故事，这是一段难以磨灭的有意义的经历：

"2017 年 5 月，我有幸参与脱贫攻坚工作，帮扶林本村脱贫致富。到村之初，吃的是自己家里带来的易储存的食物，睡的是村支书的办公室，有时候一桶方便面就能打发一天的伙食。后来村小学校长实在看不下去了，就让我交伙食费，在学校和学生们一起吃。尽管条件十分艰苦，但一想到身上肩负的使命、责任和那些还处在贫困线以下的群众，一股忧国忧民的情怀便油然而生。

"记得第一次见到帮扶结对子的贫困户任成兵，那是当年5月23日，那天我和村主任老李一路，徒步到离村委会十几里的山沟里调查走访。第一户就到了任成兵家，当时映入眼帘的是低矮破旧的土墙房子，旁边搭有一个简易的牲口棚，散发出阵阵猪屎、牛粪味夹杂的恶臭。见我们到访，任成兵放下手中的活计，热情地走过来，我急忙上前去和他握手，那是一双长满老茧、厚实的大手，他个子不高偏瘦，40多岁，看起来有些木讷，可能是长期居住在大山深处很少与人往来的原因吧！经过交流沟通得知，他家中有7口人，上有70多岁的老父母，下有两个上小学的女儿和一个4岁的儿子，一年辛辛苦苦在地里劳作，到头来除了家里必需的开支外，也只是维持个温饱，没有什么余钱。

"看到任成兵家简陋的住房，几样陈旧的家具，就连像样的衣服也没有几件，要说值点钱的就是牲口棚里的一头牛、两头猪了，一家人的生计全靠屋团转那十几亩薄地，他和妻子每年种植大豆、红苕、土豆等农作物，再卖一两头猪就是家里的主要收入。像这样的家庭，村里还有很多，他们祖祖辈辈在这贫瘠的土地生存，过着贫穷落后的生活。由于山高路远，很多孩子上到了初中就辍学回家务农，更多的是长年外出务工很少回到这贫穷的地方。因为贫穷，所以落后。村里贫穷的面貌不是一朝一夕就能改变的，还有很长的路要走，由此我感受到扶贫任务任重而道远，从而萌生了改变村里落后面貌的强烈想法，想让他们早日脱贫致富，过上幸福的生活。

"任成兵家成了我重点帮扶的对象，我和任成兵也因此交上了朋友，我经常和他拉家常，讨论脱贫致富的办法。有一次我对他说，你家那么好的山场，就是一个天然的牧场，绿色植被那么好，水源又那么丰富，为什么不发展养殖业，养一些牛羊子，这比种地划算啊！他说："大兄弟，我也考虑过，苦于投资太大，没有那么多的本钱，也没有人来经管，所以也就放弃了。"任成兵的话，引起我的深思：他不是那种故步自封、安贫守旧的人，也有穷则思变的思想，只是因为自身的条件限制了发展。我们这些扶贫干部就是要给这些有想法的贫困户提供优惠政策、必要条件，帮助他们脱贫致富。

"为了改变任成兵一家的生活现状，我心里明白在精准扶贫的过程中，不能只解一时之困，唯有通过扶持扶贫项目和产业发展，才能彻底断掉穷根的硬道理，因此我下决心帮他发展养殖业，让理想变成现实。我通过5321扶贫小额贷款，为他贷款50000元，帮他购买了猪仔、小羊羔、牛犊子来发展养殖，又让他参加养殖培训学技术来发展养殖。多少次，我们一起研究讨论养殖方法；多少次，我们一起把牛羊放到牧场,看到牛羊吃得膘肥体壮,我心里就有了一种成就感。在我的帮扶下,他通过自身努力奋斗,2017年年底收入就超过了脱贫标准,他家从人均不足2000元增加到人均收入5000余元,当年他就光荣脱贫,被评为2017年度的"自强标兵",他家也从破旧的土墙房搬进了政府为扶贫村修建的集中安置点新房。"

脱贫后的任成兵继续扩大养殖规模,每年都会出售十几头大肥猪,养二十余只羊和几头牛,总收入达到10余万元,人均纯收入逐年上涨,2020年达到人均万余元。任成兵为村里贫困户脱贫致富带了一个好头,为驻村第一书记张平做大做强产业帮扶工作树立了一个标杆。2019年,林本村已经完成针对贫困户脱贫的"两不愁,三保障"五项标准和村里列的七项考核硬性指标,全村92户241名贫困群众中226人已实现脱贫,贫困发生率降至1.56%,顺利完成脱贫目标任务,实现了整村脱贫的可喜局面,多年的贫困村因此迈向了靠艰苦奋斗勤劳致富的康庄大道。

陕西省安康市税务局干部张平也因脱贫帮扶工作突出,先后于2018年被汉滨区脱贫办评为"交友帮扶先进个人""2018年度优秀第一书记",2019年被陕西省税务局表彰,获"树典型、学先进"扶贫攻坚先进个人称号。

原载《中国作家网》

一次生命的感动

　　光阴似箭，日月如梭。曾经以为年老是很远很远的事，如今想起年轻离我很久很久了，弹指一挥间，已是人到中年，时光淡化了记忆，但是生命中有一些感动却历久弥新，想起来依然是那么清晰，如同昨天发生一般。

　　那是2008年，来自腹部难以忍受的疼痛，使我不得不中断"轮值轮训"的训练入院治疗。经医院检查是胆结石，须做胆囊切除手术。带着对手术的恐惧，原先在电影中看见的场景一次又一次地在脑海中浮现：戴口罩的医生护士围绕在无影灯下，各种手术器具摆放整齐，躺在手术床上的病人在麻醉中失去知觉。妻已经感受到我内心的波澜起伏，一直陪伴左右，一刻都不离开，在熬过了7天术前检查后，终于到了手术时间。医生告诉我，手术有风险，要我签一个协议，那一纸协议关联着生与死，无形的阴影笼罩心头，终是要过鬼门关的。我的表情逃不出妻的眼睛，她握紧我的手，坚定的眼神给了我勇气，一声"不要怕，你会没事的"让我瞬间获得力量。

　　护士叫到我的名字，妻陪着我到手术室门口，目送我进入手术室。不知过了多长时间，迷迷糊糊中我被推了出来，妻见到我就紧紧地握住我的手，生怕我会离开似的，我恍惚中见到妻眼角挂满了泪水。

术后恢复的日子里，妻为我早日康复做着努力，给我买来了鲜花，每天给我翻身擦洗，不停地给我按摩，还精心烹制一日三餐，同室的病友都说我找了个好媳妇。在妻无微不至的照料下，我很快康复了。

在出院的前一天，一病友说，你比我先做手术，我见你的妻子一直在手术室门前等你，好久都不见你出来，她不时地看时间，等着等着就哭了，你在里面待了好久，她的眼泪就没有干过，直到你从手术室出来，看到你才露出了一丝笑容。听闻此言，我的眼泪情不自禁地从脸颊滑落，我的妻啊！我能想象你当时的心情，你一定希望自己的丈夫手术顺利，时间一刻一刻逝去，你的心也一定越来越紧张，我在里面遭罪，你也在外面煎熬，你担心多少，那份对丈夫的爱就有多少……

妻就是这样，爱一个人无须用语言来表达，爱一个人就将他视为生命中的重要组成部分，爱在心里，爱在行动上，我受到了心灵的一次感动，明白了爱的真谛。

原载《中国作家网》

外　婆

　　我的外婆是裹着小脚一路风雨走过来的人。那时，外婆娘家在偏远农村，家里很穷，外婆12岁就给外公家当了童养媳。当时外婆长外公5岁，自从到了外公家后，养成了吃苦耐劳的品质，让这位穷人家的孩子早早就当了家。

　　外婆为谋生办起了磨坊，经常起五更睡半夜地辛苦劳作，加上外婆对人热情诚实，瓦房沟的街坊都乐意找外婆做事。她就用那瘦弱的肩膀，撑起了一家老小的生活。

　　后来日子好过了一些，外婆家就迁至离县城更近一点的任河咀。儿时到外婆家去是一件很开心的事，那时候还没有通车路，到外婆家要走很长的山路，可是一想到外婆就不觉得远。在儿时的记忆里，外婆用黑色头巾盘起发髻，穿着一身灰色粗布衣服，身材娇小精神矍铄，显得格外干净利落。

　　每次到外婆家，外婆总是笑容满面，知道我们要来，就老早在房后的阳台上张望，一看到我们的人影，就守候在门前喜盈盈地迎接我们。见我们到屋了，第一件事就是拿出两个又大又红的苹果给我，那时候能吃上这么好的水果也是稀奇，外婆平时都舍不得吃，我忍不住咬了一口，含在嘴里就化了，一股香甜的味道直入肺腑，直到现在都觉得那是世界上最好吃的苹果。

外婆的厨艺也让人难忘，她用灶台烧柴火做饭，灶膛火映照着外婆慈祥的脸庞，不一会儿就飘来炒菜的浓浓香味，几样家常的小菜像变戏法一样成了美味佳肴，外婆菜的味道至今无人超越。

外婆去世时，我11岁，那天天气寒冷万物凋零，年幼的我第一次披麻戴孝，向来追悼外婆的亲友行跪礼，却不知道今后与外婆天人永隔。

外婆要归山了，外婆的灵柩搭上了红布，被一行人前扶后拥抬往墓地，那一路妈妈和姨妈悲痛欲绝，哭声响彻了整个山谷。

外婆走了四十多年，每当听到别人喊"外婆"，就会自然地想起我的外婆。经常于梦里倾诉无尽的思念，外婆的音容笑貌宛在。

原载《人生与伴侣》2023年2月

含笑的山羊胡子

那年冬天，爷爷走完了他的七十三个春秋。噩耗传来，还是孩子的我，一路飞奔，见到的只是躺在床上的一具冰凉躯体。爷爷四肢僵硬，嘴一直大张着，似乎还想说没交代完的话。

一瞬间，我的眼泪模糊了视线，悲痛地抱住爷爷，一边"爷爷、爷爷"地呼喊，一边使劲地摇动，可是爷爷再也不能像以前一样醒来，再也不能发出一把揽我入怀时的爽朗笑声。

记忆里，爷爷的山羊胡子花白，瘦削的脸上布满沧桑，而笑容却总是那么慈祥。他的那双破旧的长筒雨靴，不知穿了多少年，历经了多少风霜。

爷爷一生命运多舛，年轻时正值苦难的旧社会，乡长保长到处抓壮丁，爷爷是家里的独苗，硬是自断右手食指，导致不能扣动扳机而逃过劫难。而村里被抓去做壮丁的伙伴，此后再也没有回来。

计划经济时，爷爷干的是贩卖牛羊的营生。他每天天不亮就下乡到农户家去买羊子，下午天黑之前就牵回来，第二天一早就上市卖羊肉，他对待客户热情和气，卖的羊肉货真价实，从不短斤少两，因此，他的客户很多都是老主顾，有时别人没钱，他也大方地同意赊账，爷爷去世后，我们翻看他的账本发现还有好多账没有还。爷爷的生意很红火，有的人家就眼红，说爷爷是投机倒把。为了生存他不仅遭受白眼，还忍受着别人的打骂。那是一个寒冷的秋天，一个中年男子二话不说，三拳两脚，把已经古稀之年的爷爷打倒在地，叫声惨然，围观的人却只有冷漠，这一幕是我儿时永久的痛。

爷爷和婆婆膝下无子女，我的父母请他们照看我。代养我的几年里，他却比我的亲爷爷都亲，所以我一直把他当亲爷爷一样对待。他时常像变戏法一样，在自己的衣兜里翻出香甜的水果糖，还会做好玩的小把戏……在爷爷家里，我感受到的温暖，远远胜过了在自己家里。在爷爷的耳濡目染下，我学会了知人待客要笑脸相迎，做人做事要实诚，宁愿自己吃亏，也不能占别人便宜，这些使以后的我受益匪浅。

爷爷走了那么多年，很多过往如云烟随风飘散，唯有爷爷那含笑的山羊胡子、和蔼可亲的脸庞经常于梦中浮现，犹如昨天一般。

原载《人生与伴侣》2023年3月

第五辑 小说坊

好兄弟

　　昨晚，精华鞋厂待出口的高档皮鞋被盗了。消息像长了翅膀一样，迅速传遍了厂里每个角落。今天一大早，厂里的职工都在谈论这件事，他们纷纷猜想：在戒备森严的工厂里，十大箱总价值十余万的皮鞋，竟然不翼而飞？是谁这么大胆？

　　不一会儿，厂区就开进来一辆警车，径直开到生产二分部停下，早已等候在此的厂部王副厂长和二分部张主任一见警车上下来几位警官（其中一位警官带着一只警犬），立马迎上前，一边介绍昨晚被盗情况，一边请几位警官到案发现场。

　　现场是精华鞋厂生产二分部库房，库房很宽敞，足有一千多平方米，摆放着已经打包好的包装箱，包装箱上都用英文和阿拉伯数字标注鞋的型号和款式，以及出厂日期和厂家名称。一看就是准备出口发货的皮鞋，可是，就在这个节骨眼里却出了状况。

　　办案人员迅速拉起警戒线，对库房又是拍照，又是查看痕迹，小心翼翼地提取现场可能留下的证据。警犬围绕库房左嗅嗅，右闻闻，一双眼睛似乎在搜寻着什么。通过现场勘查，警官开始询问仓管江贤贵事发当晚的情况。

江贤贵从没有见过如此阵势，紧张得都不知如何是好，面对严肃认真的警官询问，他平复了心情，一一做了回答。他说，昨晚10点左右，他在仓库值班室休息，夜半三更时分，突然听到仓库有一些窸窸窣窣的声音，以为是老鼠发出的响动，仔细听了一会儿，见没有啥动静，他翻身又睡去了。

询问过后，带队的警官给王副厂长说了几句，然后厂里所有人都被召集到厂区操场集合，像做早操一样，每人拉开了间距，警犬开始来来回回在人群里穿梭，不停地嗅来嗅去，职工们紧张得一动不动，生怕这只警犬咬住了自己。突然，警犬在生产一分部仓管海明生身旁停了下来。

此时的海明生像一根木桩大气都不敢出，心一下子就被揪住了，就在齐刷刷的眼光聚焦在他身上的时候，警犬却走开了。就这样，警犬在人群里兜了几圈后，回到了警官跟前，舌头伸出老长，喘着粗气，眼神里透出一阵迷茫，几位警官似乎明白了什么，给王副厂长交代了一下，带着警犬离开了厂区。

警车刚走，王副厂长和张主任就六神无主了，毕竟这几箱高档皮鞋马上要出口了，加之价值不菲，厂里出了这等事，该如何向"一把手"交代啊？按照厂里内部管理制度，对这起被盗事件，要层层追究责任。首先是直接责任人，仓管江贤贵因失职造成厂部经济损失，无疑要负主要责任；其次是负责生产二分部的张主任因管理不到位，承担管理上的责任；最后是分管安全的王副厂长因督导检查不力，负有领导责任。

江贤贵被工厂开除了的消息上了厂部的头条。那天，他并没有像大家想象的那么惊慌，反而异常平静，好像知道这一天迟早要来一样。他卷起铺盖卷，拖着行李箱，缓慢地向厂门口走去，当要离开打拼几年而又熟悉的地方时，心里陡生几分眷恋，往事涌上心头。

精华鞋厂是20世纪90年代初，通过招商引资创办的企业，是一个很有名气的合资企业，能在精华鞋厂上班，对当地人来说是一种荣耀，不仅工资比其他厂高，而且福利也好，一般考进来的员工，很少有人离职，因此每年招工少之又少。江贤贵和海明生就是在同一年同一天幸运地成为精华鞋厂的员工，这也将他们的命运紧紧联系在一起。

海明生比江贤贵年长三岁。都是穷苦人家出身，他们没有考上大学，趁着南方开放搞活，就跟随打工潮，从内地农村走向沿海发达地区，希望有朝一日能够在城市有一席之地。进厂后不久，又分到同一生产车间，两人都非常珍惜这来之不易的工作。劳动中，他们互相帮助，互相学习，一起努力,一起进步;他们以厂为家,什么脏活累活苦活都抢着干,从未有过任何怨言。时间一长,两人结下了深厚的友谊,他们的工作和人品也赢得了领导的好评,二人先后被提拔当了厂部仓管。

别说仓管不带长,地位却不低。仓管在厂里属于干部,吃的是圆桌餐八菜一汤的小灶,而普通员工是盒饭餐、大锅灶。虽然只是负责产品出入库的管理和保管工作,但不是领导放心的人,是不会轻易得到这个重要岗位的。江贤贵和海明生成为仓管后,在厂里的身份一下上升了一个档次,很快又都在厂里找了女朋友,几人经常一起玩耍,一起吃饭,还时不时结伴旅行,关系处得跟一家人一样。他们憧憬着未来,希望攒一笔钱,买上一套房,在城市安家立业,过上大多数打工仔梦寐以求的生活。

然而,人有悲欢离合,月有阴晴圆缺,相处三年的女朋友在得知厂里要处分江贤贵时,她不仅不与江贤贵同患难,反而在这时断然提出分手,任凭江贤贵怎么挽留,都无济于事,只有叹息女友太现实。本想走的时候再见女朋友一面,但想想没有这个必要了。想着想着,就走到了厂门口,突然,一个熟悉的身影出现在他的眼前。

没错,这是海明生,他已经在厂门口等候多时了,看上去眼神满是忧伤,还有一些忐忑。他接过江贤贵的行李,执意要送一程，路上默默无语，一直送到了火车站。临分手时江贤贵轻轻地说："你回去吧，我要回老家了。"走了几步又转身，叮嘱道："以后在厂里好好干，把聪明用到正道上，做一个对社会有用的人，你能答应我吗？"海明生使劲地点点头说："我答应你，我都答应你。"列车开动的一刹那，两人挥手道别。看着江贤贵远去的身影，海明生心里顿时空荡荡的，好久才回过神来。

光阴似箭，日月如梭，一晃二十多年过去了，但时光的流逝，并没有解开海明生的心结。他的内心深处始终藏着一个秘密，始终放不下一个人，经常于夜深人静之时就会不由自主地想起，总是悔恨不已，是什么人和事，让功成名就的他有负罪感呢？

回到精华鞋厂皮鞋被盗一案。其实，作案人不是别人，正是海明生。那一年，他家发生变故，上半年父亲突发脑出血病亡，安排完后事不到三个月，母亲又犯病住院，医生检查后说是得了胃癌，要赶快到省城医院做手术，如果拖延病情，癌细胞扩散，想救都来不及了。可是要到省城去看病，这要花费多大一笔钱啊？当在家的妹妹打电报过来，犹如晴天霹雳，他感觉天就要塌下来了，为什么老天不公，总是把苦难降临在穷人家里呢？

母亲还年轻，还不到五十岁，是家里的顶梁柱，平时身体一直很好，偶尔会有一些胃疼，挺挺就过去了。但如今母亲再也拖不下去了，如果不凑齐医疗费，医院是不会做手术的。海明生暗暗发誓，花再大的代价也要把母亲的病治好。好几天，他茶饭不思，脑海里尽是钱的事，可是找遍了亲戚朋友，借来的钱只是杯水车薪，毕竟大家那时都穷，除了维持温饱以外，根本就没有多少余钱，母亲的病情一天比一天严重，面对高昂的医疗费，他心急如焚，最后迫于无奈，决定铤而走险。

他把目标瞄准了自己管理的库房，那里有很多高档皮鞋，在市场上也很畅销。他私底下联系了黑市买主，在一个黑漆漆的夜晚，他把货从库房提出来，又一箱箱从高墙甩出去，黑市的人在墙外接应，就这样他以低于原价三成的价格变卖了十件整装箱皮鞋，兑换成三万元现金，然后通过老乡把款打回家。母亲的救命钱有了，可是"卖"出去的货，是要"还"的。没过多久，厂里就将发货单交给他，说这几天就要把这批货发走，他看了看货单，这不就是自己监守自盗的那批货吗？他一下就慌神了，这哪里是货单，分明就是催命单啊！

厂里要发货，如果不尽快补上，事情就会败露，不但自己身陷囹圄，母亲的救命钱还要作为赃款被追回！他想了又想，想到了一条"锦囊妙计"。

精华鞋厂总共有两个库房，除了自己管的仓库外，还有一个就是江贤贵管理的那一个，库房产品一样，只是数量不同而已。海明生只要能从江贤贵管的库房里，把同款皮鞋搬回自己的库房就可以了，这也是人们常说的"拆东墙补西墙"。但这样做不够哥们儿，毕竟江贤贵是自己的好兄弟啊！而且会把江贤贵的前途毁了！可是想起母亲在医院受病痛折磨、生不如死的样子，又让他难以忍受，经过激烈的思想斗争，海明生最后还是决定救命要紧，就先委屈兄弟了。

　　事发当晚，他就一直在暗中观察，估摸着江贤贵睡着了，就用提前配好的钥匙打开库房门锁，然后绕过厂里保安的视线，来回跑了好几趟，最后一趟，在锁门时不小心发出了声响，他吓出一身冷汗，当时在想，如果有人发现就全完了，可是今晚怎么啦，平时一向睡觉警觉的江贤贵竟然没有觉察。

　　风平浪静之后，本是善良之心却为了亲情而背负了罪恶的枷锁，这种煎熬是常人所难以想象的，海明生时常在噩梦中惊醒，为了分散注意力，他将全部精力用在学习和工作上，以此来为自己犯下的过错赎罪。由于苦干实干，事业也取得长足进展，仕途一路向好。他先后从仓管，升任车间副主任、主任、部门主管、副厂长。每一次成绩的取得，他的包袱就减轻一些，每一次升职，他对厂里的贡献就更大一些。后来，厂里实行改革，成立了股份有限公司，他又成了公司的股东，几年下来赚得盆满钵满，身价也达到了几千万，随着事业顺风顺水，对江贤贵的负疚感越来越强烈，海明生时常在想：这么多年了，不知兄弟过得怎么样了？

于是，海明生通过江贤贵的老乡打听到他的下落。自打离开精华鞋厂后，江贤贵就回到了家乡，他在村里学校当了一名民办教师。当时这个村小学只有两个年级，学生不到二十个人，四间破旧的土墙房。前几任教师因为生活工作条件十分艰苦，待不下去都走了，可是当江贤贵看到那一双双求知的眼睛，他就下决心留下来。从民办教师到考上公办教师，从只有两个年级到完小，他一干就是二十多年，对自己的坚守从未动摇过，他像一头老黄牛一样耕耘在自己的一亩三分地，用辛勤的汗水浇灌无数棵幼苗茁壮成长，他还用自己微薄的薪水资助多名贫困生。一个乡村完小，硬是在他超乎常人的努力下，教学质量惊人地达到了县级前几名。其间，领导再三安排他到县城任教，他都婉言谢绝，他说他离不开这群孩子们，他要扎根在这贫穷的土地上发光发热。

海明生听到江贤贵的事情后，心中崇敬之情溢于言表，他决心去看看这位老朋友、好兄弟，也了却自己多年的心愿。几经周折，他终于来到位于秦巴山深处的江贤贵家，映入眼帘的是一个破旧的农家小院，一名村妇正在篱笆墙院子里刮洋芋。海明生走过去问道："这是不是江贤贵家啊？"村妇得知此人是老公江贤贵的朋友，很热情地招呼他到堂屋里落座。不一会儿，江贤贵拿着几本书回来，发现屋里有客，就站在院子里打量起来：戴着金丝边眼镜，背头梳得锃亮，西装革履，大腹便便，一看就是从大城市来的老板。海明生见江贤贵走来，也打量起来：一身上蓝下黄的老式的确良衣服，身形消瘦，满头白发，额头布满了皱纹。虽然多年未见，海明生还是一眼认出来江贤贵，他动情地说："贤贵兄弟，好久不见，都还好吗？"说罢，两双手紧紧地握在了一起。

当晚，老朋友一起叙旧，当回忆起当年在精华鞋厂相处的美好日子，一晃韶华不在，海明生的心情就难以平复，望着江贤贵苍老的面容，不禁一时哽咽。他几次想要说出藏匿多年的秘密，可是刚准备说，江贤贵好像知道他想说什么似的，又把话题岔开了。那晚他们聊了很多很多，海明生话语里不时有悔过抱歉的话语，都被江贤贵一两句轻描淡写的话一带而过，他说："过去的事，就让它过去了罢，人都有犯错的时候，不要老沉溺于过去。精华鞋厂那些事，我都记不起来了，现在我们都老了，健康快乐最重要，余生多做好事多积德，遵从内心就好！"一番话字字说到了海明生的心口上，心情也豁然开朗了。

临走之时，海明生留下一封信和一张银行卡，悄悄压在江贤贵的枕头底下，信里写下一段话：时间过得飞快，和你相处的这段日子，我从未感到如此开心，如此放松过，虽说你家条件不是很好，可我感到比住总统套房都要舒服，突然发现压在心里多年的大石头不见了，留下的除了感恩，还是感恩。咱们是一辈子的兄弟，我给你在卡上留下一百万元，去建一所大一点的房子，改善一下生活吧！这么多年，你辛苦了，这个钱你一定要收下，就算老哥求你了，密码是你的生日。

海明生回家后，也收到一封信，信上说：你的一百万元，我已收悉，非常感谢！但我把这笔钱捐给了更需要的地方。没过多久，海明生收到了一本大红证书，上面写有：海明生先生爱心捐资助学一百万元，特发此证，深表谢意！此时海明生又一次真切感受到兄弟的良苦用心，百感交集之中，鼻子一酸，泪水夺眶而出……

原载《中国作家网》

老刘破案记

王老汉一家是巴山村里数一数二的勤劳家庭。平时王老汉和老伴在家务农，农闲时就在街上捡破烂补贴家用，儿子儿媳在镇上租了一间门面做装修生意，也时常回家看看，日子过得倒也相安无事。

可是在中秋节的前两天，王老汉放在家里的5000元钱不明不白地没了，开始以为是儿子儿媳做生意钱紧拿去了，结果在吃团圆饭时，王老汉说起此事，儿子儿媳都摇摇头，表示不知道，王老汉大吃一惊：除了儿子儿媳没有外人呀，难道钱不翼而飞了？这可是老两口大半年攒的辛苦钱哪！当天王老汉心事重重，翻来覆去一夜未睡。

第二天一大早，王老汉就催着儿子赶快到派出所报案。派出所负责接待的是民警老刘，他见报案人气喘吁吁就倒了一杯水递上，招呼坐下慢慢说，在听完并记录事件的整个经过后，老刘简单问了几个问题，了解到被盗的是现金（有几张一百元的面额，编号还记得清楚），就迅速带了另外两名民警和王老汉的儿子一道赶赴现场。

老刘在部队当过兵，后转业回到地方，在公安局刑警队干过多年刑侦，后提拔在镇派出所担任所长。老刘他们赶到王老汉家时，王老汉还坐在院子里发愁。王老汉见到老刘，就像见到了大救星，招呼落座后，就说起那天被盗的情形，他说："那天，我和老伴从地里干活回来，商量着要过中秋节了，准备拿点钱到街上买些东西，钱就放在歇房屋靠窗的桌子里，一拉抽屉才发现钱不见了，我就又看看室内，并没有看见其他物品翻动的迹象，门窗也都是好好的。"老刘听后，一边仔细查找现场可能留下的蛛丝马迹，一边不停地思索着：门窗完好，作案人是怎么进入室内的？为何作案时间又选择在中秋节前？作案人进屋盗窃，就直奔放钱的位置，难道是对王老汉家熟悉的人？一个问号接一个问号，在他的脑海闪现。

　　通过走访调查，老刘获取了一条重要线索：案发当天，距王老汉家200米处有一户叫王牛儿的村民，在王老汉家旁上过厕所，近几天他还买了两头小猪、烟酒等物品。当老刘在王牛儿家中问及此事时，王牛儿闪烁其词。老刘见王牛儿还抱着侥幸心理，企图瞒天过海，就给他亮出底牌，老刘说："你是不是在镇上一张姓人家花三四百元买了两头猪仔，又在商店买了一千多元的烟酒，其中有几张一百元的钞票，编号是……"王牛儿自知事情败露，在证据面前，终于低下了头。

　　王牛儿，三十有余，平时在家好吃懒做，这不眼看临近中秋节，别人大包小包的欢欢喜喜回家，而自己却囊中羞涩，家里啥都没有买，心里极度不平衡。那天上午，他见王老汉一家外出无人，顿起邪念，熟练地将大门页子卸下来进入室内，窃取王老汉放在抽屉的 5000 元现金，用塑料袋一装，又将大门复原，得手后自以为天衣无缝……

巴山村王老汉家现金被盗案成功告破，山里的村民一传十，十传百，一时间四邻八乡传出派出所老刘破案神速的佳话。村民们看到王牛儿被民警带走，觉得大快人心，直到现在还被人们津津乐道。

原载《精短小说》2024 年第 3、4 期

深山擒逃犯

"这次，再不能让这家伙跑啰！"刑警老杨猛吸一口香烟，掐灭了烟头，坚定地对战友们说，十年前，抓捕刘老大的一幕，还历历在目。

那是一个夏天，家住深山的刘老大犯下一桩凶案，还是民警的老杨和战友一起抓捕，尽管将其住所团团围住，并对可能逃跑的出口都做了严防死守的布置，意想不到的是，刘老大竟然"揭天瓦"，借着夜色从房顶跃下田坎逃跑了。

老杨是警校毕业的高才生，分到公安局刑警队，从民警干到队长，一干就是十几年。他胆大心细，雷厉风行，参与侦破重特大案件屡建奇功，在"严打"中多次立功受奖，是当地响当当的破案能手，人送外号"杨神探"。

杨神探说的刘老大，非等闲之辈，此人自小在山中长大，野外生存能力强，又在武校练过几年拳脚功夫，现正值壮年，力量速度超乎常人。逃亡的生活使他养成了眼眨眉毛动，一旦有风声，就迅速逃之夭夭，多次逃过公安民警的追捕。

这一年，上级部署了"命案必破"专项行动，刘老大凶杀案久拖未决，被挂牌督办，局长就与队长杨神探签订了"命案清零"警令状。杨神探迅速布下天罗地网，经过多方探查，终于获得了一条重要线索：刘老大以为事过三秋风平浪静，又摸回了家。

时至深秋，天气渐寒，杨神探抽调精兵强将，下达了抓捕命令："今晚，咱们就来个突然袭击，不给刘老大喘息之机。"在大巴山的羊肠小道上，杨神探驾车带领战友穿梭于丛林，又举着手电筒，徒步三个多小时，才来到刘老大家。此时已是凌晨三时许，山风吹过，阵阵寒意袭来，杨神探打了一个冷战，顾不得疲倦，抖擞精神，不敢有半点疏漏，他总结上次的经验教训，不在夜晚抓捕，而是等待天亮，伺机而动。

天空泛起鱼肚白，大家潜伏在刘老大家周围，等待着杨神探发出指令，此时的杨神探眉头紧锁，观察着屋里的动静。心想，如果屋里有人出来，这样抓捕是最好不过了。可是时间一分一秒地过去，屋里还是死一般寂静，再这样拖下去，天大亮了，屋里人都起来了，就错过了最佳时机；但如果强行入室，就和上次一样，破门的响动就会惊动这只狡猾的狼。

杨神探紧张地思索着，突然一个大胆的想法冒了出来。只见他装作是从附近后山下来赶集的老乡，先用手敲了敲刘老大父亲的卧室窗户几下,又用一只手捏住鼻子,模仿刘家亲戚说话的口气说:"刘老表,开开门,找口水喝。"连喊几声后,屋里开始有人应答:"哦,是李老表吗?这么早啊?"隔墙就听见屋里有人起床开门的声音,杨神探用眼神示意,大家迅速贴近大门的两侧。

门拉开后,一个五十多岁的男子探出头,一脸惊愕,刚要说话,就被杨神探一把捂住嘴,其他队员以迅雷不及掩耳之势鱼贯而入,寻找可能藏身的地方。就在这时,一个黑影从角落里窜出来,疾风一般往最里面的房间跑,正准备像之前一样,顺着楼梯上房揭瓦,万万没料到,一支黑洞洞的枪口抵住了他的额头。刘老大一下子瘫软在地。

刘老大被带上警车时面无表情,只对杨神探说了一句话:"时隔这么久了,你们还会找上门来,这次栽在你手里,我还真是没想到。"

原载《精短小说》2024 年第 1、2 期

说谎少年

崔老汉被人下毒了，王老汉也被毒死了，一天两条人命在平静的小山村里炸响了，惊动了几面山几道梁的村民。一时间阴云笼罩，人心惶惶。

人命关天，维护一方平安的人民警察闻讯赶到，他们深入案发现场，不放过任何一个蛛丝马迹。现场是一个破落的农村小院，崔老汉死在自家的木床上，旁边几摊呕吐物还散发出阵阵恶臭，守在尸体旁的是一名个头矮小消瘦的少年，一身脏兮兮的衣服很是破旧，凌乱的长发好久都没有梳理过，蜷缩在灶屋一角的长条凳上，看上去他很可怜也很害怕，他就是崔老汉的外甥姚遥。

姚遥看警察叔叔来了，表现得异常平静，对警察的询问，回答得也头头是道。他说，昨天下午，天快黑的时候，舅舅崔老汉从地里收工回来，和他一起回来的，还有村里的老朋友王老汉。他们一路有说有笑地到屋之后，舅舅热情地招呼王老汉，先泡了一壶茶，又留王老汉一起在家吃饭。舅舅还吩咐姚遥在自家菜园子摘了几样新鲜蔬菜，麻利地在灶屋炒了两个小菜，还把中午留下的半大锅子干洋芋果果炖腊猪蹄子汤在柴火灶里热了一遍，然后三个人一起吃了晚饭，桌子上两个老汉一边叙旧，一边喝了一瓶玉米酒。酒足饭饱后，王老汉就回去了。没过多久，舅舅就觉得肚子难受，一个劲儿地呕吐，姚遥还给舅舅倒了几杯水喝，也不知是不是酒喝多了的缘故，最后舅舅再喊都不答应了。

那个王老汉从崔老汉家吃饭后，径直往回走，走到路上肚子就开始不舒服起来，以为喝了酒把胃病惹发了，跟跟跄跄回到家，赶紧把家里预备的胃药喝了，但是止不住，肚子还是疼得厉害，头也昏沉沉的，翻来覆去在屋里折腾好一阵子，人就不行了。

警察现场勘查，初步认定是人为投毒而死，至于毒从哪里来的，他们做了一个活体实验，用三只鸡分别喂事发时吃的三样食物，结果吃了干洋芋果果炖腊猪蹄子汤的鸡，倒地脚蹬了几下就死了，其他两只鸡则一点儿事都没有。这就说明有人在汤里下了毒，可是谁又和崔老汉、王老汉有那么大的怨仇，非要置人于死地呢？这成为破获这起投毒杀人案的关键。

村干部提供了一个线索，说本村回家半年的朱大个子，带回来一个外地女人，两人有事没事晚上就喜欢在崔老汉家串门，一坐就是半宿。据说前不久，不知崔老汉和朱大个子发生啥矛盾，吵了大半夜，邻居只听得只言片语，好像是关于钱的事,说崔老汉不要脸,欠钱不还等,关系一下就闹翻了。这会不会是引起杀人的动机?警察就对朱大个子和那个外地女人进行了调查。

原来,朱大个子和崔老汉的确有矛盾,而且他们之间的事还非常肮脏。朱大个子在外地打工期间,也不知哪里走的桃花运,一个有几分姿色的女人看上了穷得舔灰的朱大个子,死心塌地地跟着他回到穷沟沟里来。回家后,两个人坐吃山空,挣的一点儿钱很快就花完了,他们就打起崔老汉这个老光棍的主意,朱大个子知道崔老汉年轻时下过煤窑,那些年挣了一笔钱,就想从这个老光棍口袋里掏点钱出来用。朱大个子拉起皮条,给崔老汉说好一次一百元,崔老汉也早就对朱大个子带回来的漂亮娘们垂涎三尺,这送上门的货,真是求之不得。一来二去,身体硬朗的崔老汉就把钱撒出去好几千,后来崔老汉见花钱太多,又心疼起钱来了,索性就借口现钱没得了先欠着,待到信用社取钱了再给,最后干脆赖账不还,为此他们大吵了一架,朱大个子自知这是见不得光的事,也就不敢声张。但朱大个子和他带回来的女人在案发前几天,就已经去县城了,由于没有作案时间,他们二人嫌疑被排除了。

那么投毒杀人的到底是谁呢?警方经过走访调查排除了其他人作案的可能性,焦点落到了这名不满十五岁的少年姚遥身上。事发当天下午三个人一起吃晚饭，为什么崔老汉和王老汉中毒了，而姚遥却没有中毒，难道姚遥不喜欢吃这个下毒的汤，还是另有玄机？

警方从周围邻居了解到，姚遥过继给崔老汉好几年了，他们对姚遥也非常熟悉，说这个孩子并不令人讨厌，身体带有残疾，干活不是很利索，就因为这个，没有少挨崔老汉的打骂，有时实在被打狠了，就躲到梁后自己父母家里待几天，但父母还会把姚遥送回来，毕竟是过继给崔老汉了。最近一段时间，因为一些琐事，崔老汉嫌姚遥不听话，偷懒不愿干活，就不给姚遥饭吃，说干活才有饭吃，两舅甥时常斗气，关系降至冰点。当警方问道，姚遥喜欢不喜欢吃干洋芋果果炖腊猪蹄子汤时，邻居们都说，他非常喜欢，在邻居家里都吃过好多回了呢！

案情逐渐露出端倪，警方果断对姚遥采取控制，并对崔老汉家展开全面检查，查找毒源。结果在房顶的土墙缝隙里发现一个用塑料袋包裹的东西，打开一看，还有两小包，就是市面上卖的粉末状的"毒鼠强"，曾有人看见事发前姚遥买过几包，当时卖鼠药的摊贩沿街宣传时说出一段顺口溜：老鼠药，老鼠药，老鼠吃了跑不脱，跑脱一个你找我，一包赔十包老鼠药。

姚遥在证据面前终于低下了头，一个处在叛逆期的少年因为不堪忍受舅舅的打骂和虐待,就采取极端的报复方式投毒杀人,沦为少年犯。可怜的王老汉跟着搭上一条命,也令人唏嘘不已!

原载《文艺生活》2024年第4期中旬刊

赎　罪

　　一大早，田榜村宋家的小媳妇挺着大肚子，满身血迹，疯子似的一路狂奔，一边跑一边还拖着哭腔大叫："我杀人了，我杀人了，我也想不活了，不活了！"村里人目睹这一幕十分惊愕，一个柔弱女子怎么会杀人呢？

　　这名年轻女子名叫王小兰，长得文文静静，秀秀气气，自从嫁到宋家，勤劳持家，里外都是一把好手。新婚之后，她初怀身孕，还想在分娩之前外出务工挣点钱贴补家用，和丈夫宋老幺一商量，她就搭上了南下的火车。

　　丈夫宋老幺生得浓眉大眼，有几分帅气，王小兰一出门，宋老幺的花心就犯了，到处拈花惹草。外出打工的王小兰肚子越来越显形了，只好回家待产。一次闲聊中，姐妹开玩笑："你的帅哥老公，要管好哦，小心哪一天被美女给拐跑了！"说者无意，听者有心。

　　王小兰惦记着这事，就向一个亲戚打探，没想到亲戚还真讲出一条花边新闻：王小兰出门后，宋老幺和邻村打工回来的春花打得火热，有人看到他们出入成双成对，还在家里偷着过夜。王小兰听后，气就不打一处来，心想：我在外面挣钱养家，每月的工资都寄回来，他倒好，在家养起二奶了!

性格内向的王小兰越想越气,觉得为家里付出那么多,到头来丈夫另有新欢,活着没意思,还不如一死了之,但转念一想,也不能便宜了宋老幺,一颗仇恨的种子在心里滋生。她知道娘家在请木工做家具,见木工的斧子很利落,就向父亲借,说家里剁骨头要用一下,父亲不假思索地答应了。

第二天,王小兰早早安排丈夫到镇上赶集,买一些菜回来,宋老幺明白今天是他们结婚两周年纪念日,高高兴兴在集市买了一篮子好菜,还特意买了两瓶红酒。当宋老幺回家刚把竹篮放下,王小兰就从背后猛地朝着他的后脑勺就是一斧子,宋老幺应声倒地,这时的王小兰心里所有的积怨愤怒像洪水决堤一样奔涌出来,眼前的宋老幺已不再是自己恩爱的老公,而是让她受伤绝望的可憎之人,她像剁猪肉一样,发疯似的一顿乱砍,慢慢地宋老幺就不动弹了。

宋家小媳妇杀害了老公,这则爆炸性新闻顿时在小镇传开了。闻讯赶到的公安局民警立即调查取证,依照法律规定,对已经怀孕七个月的王小兰,要等其分娩后,才能收监。尽管宋家人希望抓住王小兰立马枪毙才解心头之恨,但任何人都要遵守法律,最后王小兰由她的父亲担保回家监管。

　　王小兰回娘家不久就一走了之，害苦了娘家人四处寻找，都不知道她跑到哪里去了。半年后的一天，宋家老汉早上起来开门，看见一个竹篮放在大门口，仔细一看，见一个大胖小子穿得厚厚实实，还在睡梦中，上面有一张字条，写有：

　　"尊敬的爸爸、妈妈：这个孩子是宋老么的根，拜托养大成人，我对不起你们，我夺走了你们的儿子，给你们添个孙子，给宋家留下血脉，了却我一桩心愿。也许，当看到这张字条时，我已经在后山上安息了，今后内心再无煎熬。"落款为"罪人小兰敬上"。

　　宋老汉拿着纸条急忙走出来，周围没见一个人影。猛然，他想起什么，抱起孩子，一路小跑往后山上去了，这时一阵凛冽的寒风吹过，枯黄的竹叶簌簌飘落，只见自家竹林里躺着一个年轻女子，手里还攥着一个空敌敌畏瓶子……

原载《南方文学》2024年第4期

惨案背后

"轰隆"一声巨响，打破了山村的宁静，村里早起的李狗子，惊出了一身冷汗，按照以往的经验判断，估摸哪里出大事了，他赶忙顺着响声的方向寻去，眼前的一幕差点没把他的魂吓掉。

山梁的罗家院子是一个单家独院，此时正屋右厢房窗户爆出，房顶被揭开，墙壁四周沾满血肉，腿、胳膊等人体部件散落一地，李狗子不敢细看，一口气跑到村委会报告。村长听后来不及多想，直接拨通了派出所的电话，汇报之后和李狗子一起往罗家院子奔去。

院子里一片阴森森的，爆炸的硝烟味弥漫，村长大着胆子，走到最里面一间歇房屋里，看到罗家大女子在床上，一连喊了几声，不见动静，走近一看，脖子上有伤口血流不止。村长迅速用毛巾堵住伤口，转头安排李狗子到村里叫人过来帮忙。没多大工夫，身上到处都是血的罗家大女子就被几个村民用担架抬着，急匆匆地送往医院。

这时，公安局的民警也赶来了，他们对罗家院子进行细致入微的勘查，并对案发现场进行拍照，提取物证，以案发现场为中心展开调查。警方在经过一系列的调查取证后，还原了事实真相。

原来，罗家大女子罗翠娥招了一个外地上门女婿叫熊蛮子，起初两个人你有情我有意，日子过得倒也和睦。可是时间一长，罗翠娥的当家人脾气就出来了，不但把丈夫管得严，而且大事小事都由她一人说了算，丈夫熊蛮子稍有不从，罗翠娥就是一顿臭骂，熊蛮子知道罗翠娥的个性，自己又是上门女婿，也就顺了她的脾气。

直到儿子4岁了，罗翠娥和熊蛮子商量，要让儿子到县城去上幼儿园，熊蛮子也满口答应，毕竟县城条件好，对孩子以后的发展也好一些，但上学的成本增加了，租房吃饭都是一大笔开支，当晚两口子一合计，男的出门打工挣钱，女的在家带孩子。

罗翠娥租住到县城一家民房，房东是一个70多岁的退休职工，有一个40多岁的儿子，在家里开了一个麻将馆，罗翠娥带着孩子，偶尔也在麻将馆里打牌消遣，一来二去，就和房东儿子打得火热，渐渐地对丈夫熊蛮子除了联系要钱以外，再没有多余的话说了。

熊蛮子在外打工一晃几年过去了，孩子也上小学二年级了，面对妻子的不冷不热，熊蛮子心里也窝火，一次和工友喝酒吐露心迹，他说当一个上门女婿没意思，儿子都不跟他姓，媳妇对他也不好。工友听罢说了一句话：莫不是在家里找了相好的吧？这一句话戳到了熊蛮子的痛处，他也曾怀疑过，但毕竟没有证据，于是，他决心弄一个水落石出。

这一次熊蛮子没有提前给妻子说，而是悄悄地潜回家，秘密调查妻子的行踪，他找到妻子租房子的地方，在暗处观察妻子的活动。当晚，罗翠娥和以前一样，在一楼麻将馆里打牌，房东的儿子和妻子开着玩笑，一副暧昧的样子，隔着窗子，熊蛮子怒从心头起。他拨通了妻子的电话，妻子正在打牌的兴头上，直接掐断他的电话，他耐着性子，又拨打一个，这次竟然接通了。他压低声音问："你在哪里，在干啥？"那头说："我在屋里，没干啥啊！"他又说："你不是带孩子，是在打麻将吧？"那头："你啥意思？还有没有话说？"不等熊蛮子回答，罗翠娥又把电话挂断了，再打就是忙音。

熊蛮子再也忍不住了，一股无名火直往外冒，他冲进屋，将麻将桌子掀了一个底朝天，罗翠娥一看是他，先是吃了一惊，随后反应过来，扑过去就是两个耳光，房东的儿子赶忙拉开罗翠娥，其他的人你一句我一句地劝说，好不容易才平息下来，但这条隐藏的导火索点燃了。

第二天，罗翠娥和熊蛮子带着孩子回到老家后，罗翠娥直接给熊蛮子摊牌："离婚，你给我卷铺盖走人！"罗翠娥的母亲也给大女儿撑腰长志："蛮子，你说你这几年在外打工，也没挣多少钱，翠娥跟着你也是受罪啊！"这一句句绝情的话，像刀子一样，戳到罗蛮子心窝子里，当晚他回想起这几年在罗家的日子，一个邪恶的念头蹦出来，他无路可走，决定同归于尽。

他准备了之前在煤窑打工时偷偷带回来的一些炸药和导火线，原打算修后山田坎炸石头用，现在派上用场了，他先对无情无义的妻子痛下杀手，砍了她几刀，之后，又在腰上绑了炸药包，想到自己死后，孩子一个人留在世上可怜，便心一横，带上孩子走上了不归路。

罗翠娥因救治及时，被医生从鬼门关里抢救过来。罗翠娥的母亲在出事过后，跟着一个退休的老头走了，就再也没有回来。过了几年，村里有人在县城看到罗翠娥和房东的儿子在一起，罗翠娥怀里还抱着一个不满1岁的孩子。

巴山凶案始末

家住巴山腹地的宋大牛，40多岁，长得人高马大身强力壮，但头脑简单，在村里是一头不听招呼的野牛。他和兄弟宋小牛住在一头两屋。宋大牛因生性暴躁，一贯恃强凌弱，曾经处过对象，但脾气一上来，对女方就是一顿拳脚，最后就落得光棍一条。弟弟宋小牛与他相反，为人处世耿直豪爽，憨厚勤快，在家新修了三间房，又说下了一个叫王秀的年轻媳妇。

宋小牛成家以后，添了一儿一女，眼看孩子越来越大，花费也就与日俱增，光靠屋团转那几亩薄地，养两头猪，喂几只羊子，是养活不了一家子的。宋小牛决定出门打工挣钱养家。

宋小牛这一出门，留下王秀一人带着两个孩子，平时农忙时，一个人实在辛苦，可是不种庄稼，几亩地荒着，又觉得可惜，就想到请大伯子哥宋大牛来帮忙。起初，大伯子哥还碍于兄弟情分，王秀一喊就去帮忙，可是几次下来，心里就不大乐意了。一次，王秀又去请大伯子哥帮忙烧火土，宋大牛没好气地说："不得空，我自己坡上的活路都忙不过来哟！"王秀见宋大牛故意推托，就走上前紧贴大伯子哥的身体撒娇："走嘛，原来都一喊就去，今天咋了，是不是把哪里得罪了？"宋大牛哪经得住勾引，干柴遇到烈火，开始熊熊燃烧起来。

之后，不用王秀开口，宋大牛就像家里长工一样，屁颠屁颠地围着兄弟媳妇身边转，一身的好劳力，把个王秀家地里的庄稼、猪羊圈打理得井井有条，王秀倒也落得个清闲，就这样即便丈夫在外，家里的活一样没有落下。这样的日子过得很快，一晃到年底宋小牛就要回家过年了。

宋小牛回家后，王秀一直心惊胆战，毕竟做下了心虚的事，生怕丈夫发现端倪，除了好生伺候老公外，再不敢去招惹大伯子哥了。宋大牛等了几天后，有些不习惯了，于是趁着兄弟到坡上干活，或者外出没在家时，就找王秀亲热。王秀一再说，你的兄弟在家，以后就不要搞那个事了，你兄弟晓得就完了。宋大牛哪肯听王秀的话，硬是将王秀拉到屋外阳沟后头……

见大伯子哥不听招呼，王秀是越来越厌恶，而王秀几次三番的拒绝也激怒了宋大牛，他越想越气：兄弟没回来时，让我干啥都行，现在兄弟回来了，我啥都干不成了。宋大牛把原因归结到兄弟身上，认为是兄弟耽误了自己的好事，一个邪恶的念头在他狭隘的内心滋生。

10月18日深夜，大巴山一片寂静，村民还沉浸在睡梦中，宋大牛瞅准时机，手持利斧上楼，顺着楼上过道从东边走到西边的屋头，扒开楼上隔着的篱笆墙，从上往下看，见兄弟一家四口睡在一张大床上，兄弟还打着鼾，宋大牛一不小心把杂物碰到地下发出了声响，吓得他立住了，心想：如果把他们两口子弄醒了，两口子打我一个人，我还不一定打得赢。稍等片刻，宋大牛见床上没有动静，就把楼梯放下来，打着手电筒，明晃晃的斧头在黑夜里闪着寒光，他借着手电筒的亮光，照准宋小牛的头部砍了两斧头，紧接着又用斧头砸向两个侄儿，此时王秀被惊醒，顺手拉开灯一看，床上血淋淋的，就连墙壁房顶都是血，她吓得翻身下床，赶紧跪在宋大牛的脚下，一个劲儿地哀求大哥饶她一命。

　　杀红眼的宋大牛，见王秀可怜兮兮地求饶，就放下斧头，在这间惨不忍睹的案发现场，禽兽不如的宋大牛又将王秀一顿蹂躏。宋大牛满足后，心一软说："我不杀你，你走吧！"王秀一听，撒腿就跑，一溜烟消失在夜色里。宋大牛虽没见过世面且目不识丁，但自知人命关天犯下大罪，还是逃命要紧。

　　在逃窜的路上，他心里嘀咕：这往哪里去呢？自己在大山里长大，又没有出过远门，最远也就去过县上。宋大牛漫无目的地跑到了天亮，觉得这样跑下去也没有意思，还不如一死了之来得痛快。他知道敌敌畏可以毒死人，就到路过的商店去买，精明的店家看到宋大牛神色慌张，衣服还有一些血迹，就问他买敌敌畏做什么，他支支吾吾说，屋里老鼠多，要用敌敌畏。店家更加觉得其形迹可疑，就换了一瓶和敌敌畏包装相似的除草剂。

宋大牛以为是敌敌畏，拿了就走，来到一处僻静的树林，二话不说，揭盖就喝，"咕嘟咕嘟"一口气喝完，开始感觉头晕眼花，以为药性上来了，就钻进一个岩洞里等死，可是在不断地呕吐后，人反而越来越清醒了。他想死没有死成，觉得阎王爷不收他，就往大山深处去了。

这边被宋大牛放了一马的王秀慌慌张张跑到派出所报案。接待民警一听，三条人命非同小可，赶紧向所长报告，所长不敢马虎立即又向公安局汇报，公安局长当机立断，迅速成立专案组，指派刑警大队火速赶往现场，派出所就近先行处置。

公安局管刑侦的副局长老蒋亲任专案组组长，组织精干警力30余人，将专案组指挥部设在案发山村，决心一日不破案，一日不撤兵。专案组兵分两路，拉开了一张破案抓捕大网，一路取证组负责对案件的调查取证，一路抓捕组对宋大牛实施抓捕。

大巴山的深秋，已是寒风凛冽，抓捕民警寻着宋大牛的踪迹，在大山里转了几天几夜，只要一有风吹草动，抓捕组就马不停蹄，赶往宋大牛可能的藏身之处，尽管多次扑空，但民警并未放弃，继续一路追捕。饿了，就吃点预备的干粮；渴了，就喝山泉水；没有人家，就在草地里蹲一宿。就在山穷水尽之时，抓捕组走在最前面的民警小侯得到一条重大线索：一户村民反映，山梁垭口朱家来了一个篾匠，是一个身高一米八左右，身材魁梧的中年男子，只管吃住，不要工钱。

体貌特征基本吻合，小侯和另一名刑警队员一边报告指挥部，一边不顾下雨山路泥泞，仅靠一根钢筋棍，既当防控的武器，又当防滑的工具，立刻往朱家追去。此时，朱家堂屋有一个中年男子手握篾刀，正在弯腰做活，看到小侯他们二人进屋，立马警觉起来，说时迟那时快，小侯果断地扬起拇指粗的钢筋棍猛击他手中的篾刀，宋大牛还没有反应过来，只听哐当一声，篾刀应声落地，两名刑警各逮住宋大牛一只手，将其按倒在地，怎奈宋大牛身高力大，一时难以制服，就在三人扭成一团之时，带队增援的老蒋赶到，一起上阵，将宋大牛捆了一个严严实实。

终于，逃入深山十天九夜的宋大牛被一举拿下。新的问题出现了，下山要走两个小时的下坡路，而且坡陡坑深，四周都是万丈悬崖，稍有疏忽，宋大牛便有可能跳崖，这也会直接危及民警的生命安全。好在这些都难不倒专案组组长老蒋，一路上老蒋和宋大牛谈天说地，不留给他独自思考的空间，就这样，民警轮流和宋大牛聊天，把气氛活跃起来了，使原本紧张的宋大牛彻底放下了戒备，竟然扯起嗓子唱起了山歌……

经过审判，宋大牛被判处死刑。一声枪响，一颗代表正义的子弹结束了他罪恶的生命。巴山村民悬着的心终于落地了，夜晚再不用提心吊胆了。笼罩在巴山上空的阴云烟消云散，恢复了往日的宁静。

蒙面客

一个月黑风高的夜晚，秦巴山区小镇上的人们早早进入了梦乡。一个修长的黑影从街边闪出来，他身着黑衣黑裤，面部蒙有一条红色丝巾，只见他熟练地甩出带钩子的绳索，哐当一下，钩子准确无误地挂在一户人家的阳台上。趁着夜色，他像猴子一样，顷刻之间爬了上去。

上到阳台，他取下钩子收起来，装进帆布背包里，打开自制手电筒，一双眼睛滴溜溜乱转，搜寻室内的财物。他知道这是一户三层私人楼房，户主姓宋，平时屋里人不多，这次踩点已经摸清屋里人都外出了，于是放心大胆地从几个房间一直搜寻到卧室，突然他发现最里面卧室的一张席梦思床上，睡着一个人，出乎意料，他赶紧躲在大衣柜后面观察动静，发现床上的人并没有被惊醒，就蹑手蹑脚地走过去，仔细一看，睡着的竟是一名年轻貌美的女孩。

本来只是行窃的他，准备搂上一笔横财就走人，但看到眼前熟睡的美女，顿时血脉偾张，他脱光裤子，然后慢慢靠近，准备用手去摸女孩的身子，没想到将床边的一把椅子撞倒，床上的女孩被惊醒后，一开灯，猛然看见床边站着一个蒙面人，吓得从床上跳了起来，本能地大声呼叫：

"抓贼啊，抓贼啊……"夜深人静，呼救声划破夜空，惊动了周围邻居。

宋家隔壁的小虎年轻气盛，身体倍儿棒，在睡梦中听见宋家传来抓贼的呼叫声，他一跃而起，顺手拿起平时锻炼的臂力棒，夺门而去。到达宋家时他看见宋家小女子吃力地扯着一个蒙面人的后背衣服，眼看蒙面人要从大门挣脱逃跑，小虎一个箭步冲上去，将蒙面人扑倒，一边抡起臂力棒抽打蒙面人的大腿，一边说："老子叫你跑，老子叫你跑！"蒙面人痛得一个劲儿地哀求："不要打了，我错了，我错了，我是张毛毛，我是张毛毛啊！"小虎一听，是张毛毛？是住在镇西头的张毛毛吗？这才反应过来，刚才只顾着抓贼，还没有看到这家伙的真实面目呢！他一把将蒙面的红丝巾扯下来，一张熟悉的脸出现在眼前，果真是张毛毛。张毛毛见小虎松开了他，急着要去穿裤子，小虎立马提高警惕，呵斥道："等公安局的人来了，再穿。"随即顺手递给他一件衣服，示意他先把丑遮住。

张毛毛是本地人，30多岁，在一家企业上班，一家人都在工作，家里经济条件还不错，平时给人文文弱弱的印象。据说，同事对他的业务能力也认可，领导还准备把他培养成业务骨干，树立成标杆，要给企业员工做榜样！看似一个好端端的人，怎么会和盗贼、强奸犯联系到一起呢？小虎想了想，还是摇摇头，觉得真是不可思议。

寂静的下半夜，因为蒙面客的出现，街道开始热闹起来，周围的邻居先后赶来，呼啸的警笛也由远及近地响起。几个公安民警从警车下来，拿出相机拍照固定现场，提取相关证据后，将张毛毛带回公安局，至此一个隐藏很深的蒙面客被揭开了神秘的面纱，等待他的将是正义的审判……

原载《传奇故事·经典美文》（原创版）2022年第1期

阿玉的婚事

编者按：陕西南部山区农村沿袭着一种古老的婚嫁习俗：青年男子娶媳妇要给女方家一笔丰厚的彩礼，少则几万元，多则几十万，很多农村青年因为给不起这笔彩礼钱，到了适婚年龄望而却步，三四十岁打光棍的不在少数；还有的把自己的女儿当做"摇钱树"，作为一种"商品"进行交易，谁有钱，谁给的钱多，就嫁给谁，也不管对方的人品和能力。因这种不良的婚姻方式引发的纠纷在农村非常常见，直接影响到农村治安。

本文中，老李头夫妇的婚姻观念和做法，是现实生活中的一个缩影，破除封建陋习，改变婚姻观念，让婚姻新风进万家，就从你我做起，从现在做起。全文如下：

待字闺中的阿玉，芳龄二十，虽长在农村，却生得肤白貌美，是汉水村方圆数十里的一枝花，上门求亲的人踏平了她家的门槛，但势利的老李头对穷小子一概拒之门外，还经常给女儿阿玉灌输一些思想，说女人是菜籽命，撒在肥田迎风长，撒在荒地苦一生，一门心思要找一个有钱的女婿。

可是阿玉已有意中人。那年在广州打工期间，认识了同乡小伙阿明，两人一见如故，互生爱慕之心。去年瓜熟蒂落时，阿玉将阿明带回家中，待了一段时间，勤快的阿明又是帮着老李头在地里干农活，又是在院子里修猪圈，样样都很在行，老李头是看在眼里，乐在心里。闲暇之余，老李头就问了阿明的身世：阿明父亲早亡，母亲一人含辛茹苦把他拉扯成人，家里新修三间瓦房，还有一些欠账。得知阿明的家境不富裕，老李头对阿明的态度一下冷落了许多。

当阿明提起他们之间的婚姻大事时，老李头先是不同意，后张口要阿明拿出十五万彩礼，方可答应这门婚事。阿明为了心上人，硬是东挪西凑了五万元，按习俗订了婚，打算这两年再凑足剩下的钱，来迎娶阿玉。一晃一年过去了，老李头夫妇见阿明没有凑足彩礼钱，就撕毁了婚约，决意重新给女儿找一个"乘龙快婿"。

老李头托媒人给阿玉介绍了一曹姓人家，有三层小洋楼，又有一部桑塔纳轿车，这在当时已经是大户人家了，老李头遂借故催在外务工的阿玉回来，不明真相的阿玉回家后，得知父母给她找了一个大二十岁的富豪时，那是一百个不答应，但在父母的威逼利诱下，善良的阿玉只得任父母摆布，曹家给了彩礼二十万元，高兴得老李头两口子几天都睡不着觉。只是可怜了阿玉整日在曹家以泪洗面，一心想着阿明，终于，阿玉选择了不辞而别。阿玉这一走，急坏了曹家人，他们四处打探无果后，就找到老李头退彩礼钱。

老李头家一下来了曹家七八个人，老李头两口子自知理亏，但钱在修侧边两层楼房时花得差不多了，一时又凑不出这笔钱，而曹家一行人凶神恶煞的样子，大有不给钱就不走的架势，老两口子急得团团转，怎么办？最后，老李头选择了"有困难找警察"，匆匆拨打了110，镇派出所的民警接到报警后，迅速赶到老李头家，在了解事情的原委后，就地召开调解会，现场给他们上了一堂生动的法制课。老李头夫妇承诺将分期分批退赔彩礼，曹家这头自知闹大了也没有啥好处，双方就此大事化小，偃旗息鼓了。老李头诚恳地接受民警的批评教育，当着众人的面声泪俱下，他说："都是钱让我丧失了良心，不是你们讲事实、摆道理，宣传婚姻法，自己差点就成了罪人，我真是鬼迷心窍，把女儿当摇钱树了，真不是个人。"

后来，阿玉和她的心上人阿明一起外出打工来偿还曹家的钱，一起孝顺老李头夫妇，生活又恢复到以前的样子，老李头高兴地逢人便说,派出所民警是大恩人,要不是他们,女儿一生的幸福就毁在自己手上了。

原载《中国作家网》

漂走的纸船

盛夏的夜晚，凉风习习，霓虹灯闪烁，一家位于市中心的舞厅，正传出动感十足、激情四射的舞曲，梁山随着跳动的节奏，向一名穿白色连衣裙、长相清新的女孩发出邀请。

步入灯光摇曳的舞池，和着优美的旋律，梁山迈开舞步，一种美好的感觉油然而生，配合自然默契，话匣子也情不自禁地打开了。女孩口齿伶俐，语速很快但很清晰，聊天中，梁山知道女孩叫朱茵，在一家纺织厂上班，那晚朱茵成了梁山固定的舞伴。

爱情似乎不声不响地走来，带着丝丝甜蜜，青春开始萌动。一个星期天的上午，梁山的到来给了朱茵一个惊喜，尽管相见时有一些娇羞，有一些拘谨，但掩饰不了内心的欢喜，彼此无话不谈。他们骑自行车一起来到郊外，一起走到河边林荫小道上，置身于山水之间，十分惬意，梁山荡起小船，在汉江边寻一处垂竿小钓，朱茵在旁小鸟依人，看着收获满满的鱼篓，欢声笑语在河边掀起一圈圈涟漪。

相爱的两个人，不一定处处沐浴春风，也有冷风凄雨。那时年轻气盛的梁山，容不下不同的意见，只要自己认同的事，就要别人也认同，颇有些大男子主义。一次，俩人正在逛街因为一点小事闹起了别扭，俩人互不相让，吵得比以往激烈，朱茵的情绪比较激动，一辆货车开过来，朱茵竟然没有躲让，幸好被路人一把拉住才没出事。

二人都憋着一口气，谁也不理谁，后来梁山选择不辞而别，只身南下。在分离的日子里，梁山静下心回忆和朱茵相处的每一天，觉得都是那么美好，这更加深了他对朱茵的思念。本来公司老板对梁山很器重，还准备给他升职，但梁山相思之苦难以言表，最终婉言谢绝了老板的挽留。在经过半年的分离后，梁山匆匆踏上了返乡的列车。刚一下车，梁山就迫不及待地赶到朱茵的厂门口。一个熟悉的身影再次出现，朱茵朝思暮想的人又回到身边，她双眼顿时放出光彩，久违的笑容像花儿一样盛开。

爱情的路上，有酸甜苦辣，也有悲欢离合。随着时间流逝，感情的加深，已到适婚年龄的梁山和朱茵，开始谈婚论嫁了。一天，梁山对朱茵说："我们是不是把关系确定下来，按规矩把婚订了？"朱茵回答："咱们还年轻，我准备参加自学考试，趁着年轻上大学学习，待事业有成再结婚不迟！"梁山知道朱茵很要强，拗不过，也就同意了。朱茵高兴地拥抱着梁山，甜甜地说："有你真好！"一年之后，经过刻苦努力，朱茵终于如愿以偿考上了理想中的大学。当朱茵拿着录取通知书告诉梁山时，梁山又喜又忧，喜的是她终于圆了大学梦，忧的是二人将面临三年的离别。入校前，梁山帮着朱茵打理行装，走在去火车站的路上，相互默默无语，一段很短的路程，感觉走了好久好久，临上火车时，梁山嘱咐："到学校后，别忘了打电话报一声平安。"火车启动的一刹那，朱茵的泪水再也控制不住，她不停地挥手，梁山情不自禁地追着火车奔跑，看着朱茵远去，梁山的心像掏空了一样，久久才回过神来，发现车站已是空荡荡的。

此后，鸿雁传书，彼此表达着爱恋，这远远不够，梁山一有空就奔走在两座城市之间，每次都给朱茵带去好多好吃的东西，朱茵也总是说让梁山省点花，以后还有很多要花钱的地方，看到朱茵懂事的样子，梁山也就放心了。时光总是悄无声息地流逝，一晃又是一年。梁山从城市调往一座小县城工作，身上的担子加重了，新岗位要学的东西增多了，梁山把精力投入紧张的学习工作中，去看朱茵的次数越来越少了。

梁山初来乍到，人地两疏，在工作之余，常常感到莫名的空虚，这时，也在县城工作的吴秀悄悄走进了梁山的生活。吴秀长梁山三岁，面容姣好，像姐姐一样照顾梁山，吴秀经常做好吃的饭菜给梁山送过去，知道梁山爱睡懒觉，还特地买来闹钟唤梁山早起,梁山不由自主地坠入吴秀的"温柔的陷阱"。一日,一向对梁山关心备至的吴秀,主动向梁山求婚,让梁山大吃一惊,梁山也坦诚地告诉吴秀,自己有女朋友,可是吴秀却一反常态,抛下一句:"只要你还没有结婚,我就有权利争取自己的幸福。"吴秀的直白,甚至有些偏执,让梁山一时难以接受,愣在那里,茫然地看着窗外的远方。

梁山最终还是没有逃过吴秀的"温柔乡"。梁山被吴秀俘虏后,朱茵的一次到来,又让梁山陷入极度的苦恼之中。梁山没有以前盼星星盼月亮的感觉,只有进退两难的尴尬,蒙在鼓里的朱茵像以前一样,见到梁山便嘘寒问暖,此时的梁山却穷于应付苦不堪言,细心的朱茵发现梁山精神不太好,还以为梁山工作劳累过度,很怜爱地让梁山好好休息,多保重身体。朱茵知道梁山经常下乡走山路,还特地给梁山买了一双运动鞋,梁山拿着这双鞋,面对朱茵深情的目光,心里复杂而又沉重,托词工作很忙,安排朱茵在一家旅馆住下后,便匆匆离去。吴秀很快知道了朱茵的到来,叫嚣着要找朱茵麻烦,梁山极力阻止,最后被迫答应吴秀,他再也不见朱茵,吴秀才消气。那一晚,梁山彻底失眠了,梁山一想到单纯的朱茵一定在等着他,便想出门去看朱茵,但再想到答应吴秀的事,只好中途又折返。

次日清晨,梁山忍不住来到朱茵的住处,看到朱茵时,梁山不敢相信自己的眼睛,昨天还是神采飞扬的朱茵,一下子憔悴了许多,眼睛红肿,见到梁山不再是一往情深,反而是一副陌生的样子,梁山明白她知道了什么,心虚地等待着朱茵的斥责、吵闹,甚至是痛骂,可是朱茵只是淡淡地说了一句:"我知道你昨晚不会来的,但我还是把门给你留着……"朱茵说到这里,已泣不成声,梁山像做错事的孩子一样,低着头呆呆地站在那里,良久,朱茵冷静下来,说:"我还没吃饭呢,你还能请我吃一顿饭吗?"梁山使劲地点头,在一家餐厅里,梁山点了几样朱茵最喜欢吃的菜,朱茵动了几下筷子,就不再动了,用伤感、失望的眼神看着梁山:"我是不是该走了?"

朱茵高兴地来,却带着悲伤走。梁山将朱茵送到码头上了船,朱茵一直没有回头。朱茵在船头,打开随身携带的纸笔,在每一页上工整地写着梁山的名字,折了一个又一个纸船,轻轻地放进河里,纸船载着梁山的名字和朱茵的泪水,顺着河水漂走,那漂走的不仅仅是一叶叶纸船,而是朱茵那颗绝望的心啊!

毕业后的朱茵,没有回家,选择到外地发展,之后便杳无音信。但那一叶叶漂流的纸船却定格在梁山记忆里,成为他今生永远的痛!

原载《2021年中国精短小说年选》

后　记

　　曾经，我从事公安新闻宣传写作，并为之奋斗十余年，在全国、省市主流媒体发表 100 余万字的新闻宣传文章，也曾被安康日报社聘请为"特约通讯员"，被公安部监所管理局授予"全国公安监管新闻宣传突出个人"荣誉称号。

　　近几年来，开始从事文学创作，得到了许多文友的鼓励和支持，也先后在全国各省市报纸杂志发表诗歌 100 余首、散文 10 余篇、小小说 20 余篇，作品先后多次获奖。

　　在这里，我想感谢文学路上遇到的《湖北诗歌》编辑们，感谢韩林子、杨晰、王兴中、但自华等老师指导我诗歌创作技艺，使我的诗歌创作水平获得进一步提高；还有为本部诗文集作序并校稿的作家诗评人刘军华老师，以及文学路上携手前行的文联和作协的文朋诗友们。正是有了他们的帮助，才圆满完成了本部诗文集的收集和编辑，在此一一致谢。

　　至于文学，我从小就有当作家的梦想，可是事与愿违，长大后没有从事专门的文学创作，而是当了一名公务员。在工作中，凭借在学校时打下的文学功底，在单位新闻宣传这一块阵地崭露头角，得到了领导和同事的一致好评。

新闻宣传和文学创作各有不同，近几年来，我尝试从事文学创作，在紧张忙碌的工作中，依然不忘自己的文学梦，尽管爬格子是一项艰苦的工作，我还是利用业余时间坚持写作，并以此为乐，写作成了我生活的一部分。

如今，我还在文学路上一路前行，由于心中有一个文学梦，即使每走一步都很辛苦，但我痛并快乐着。在努力坚持下，我先后加入县市作家协会、中国诗歌学会、中国散文学会、中国微型小说学会。

人活着总得留下一点什么东西，追求生命价值的实现是人的最高需求，出版诗文集也正是这样一种思想的体现。尽管还有许多的不足，但可以把它作为一个新的起点，在前行的路途上不断完善，去探寻更深刻的理解，去创造更美的风景。生命不息，笔耕不辍，我将一如既往行走在这通往理想的大道上。